QUANDLES GENSDORMENT

Ariane Le Fort

ONLIT — EDITIONS

À René de Ceccatty

Souvent elle le retrouvait endormi dans son lit. Quelle que soit l'heure. Un lit pour une personne et demie, installé dans le coin de la pièce qui servait à tout. Couché nu ou à peine vêtu. Et quand elle est entrée elle l'a de nouveau trouvé comme ça, habillé de son seul caleçon, étendu sur le côté, bras croisés sur la poitrine, tranquille comme s'il était mort, dans un état d'apaisement qui donnait envie d'être à sa place. Elle a enlevé son manteau dans le silence, l'a posé sur la méridienne qui faisait face à la cathédrale. Les reliefs du repas de Nouvel An gisaient toujours en vrac sur le plan de travail en plastique, à côté du bac unique de l'évier. Deux assiettes chargées d'os rongés, six verres alors qu'ils n'étaient que deux, un carton dans lequel devaient encore s'abîmer un demi-merveilleux et un baba au rhum, tant pis. Elle est allée s'asseoir sur le radiateur tiède. La fenêtre donnait sur les gargouilles de l'édifice à l'intérieur duquel nichait un couple de faucons pèlerins qu'on apercevait furtivement, de loin en loin, même sans jumelles.

La rue n'était pas large et l'ombre de la cathédrale pesait commodément sur l'appartement de Pierre. Cinquième étage sans vis-à-vis, personne pour l'emmerder. Pas d'ascenseur. Pas de visite. La paix. La paix, et l'odeur qui allait avec, des vaguelettes de moisi, de renfermé, un peu d'égouts qui refoulaient par moments, c'était parfois difficile de faire comme si on ne sentait rien. Janet s'est retournée pour le regarder. Il n'avait de toute évidence pas encore capté qu'elle était dans les murs, il n'était clairement pas là. Il était pourtant large même allongé, dense et épais. Son ventre fléchissait vers les draps en perdant de sa rotondité ; il restait toutefois ferme et reconnaissable, ne ressemblait pas à une outre à moitié vide. Elle a quitté la fenêtre, a enlevé ses chaussures d'un simple geste du pied, puis ses collants, puis sa culotte et puis seulement sa robe garnie de nénuphars vert clair sur fond gris, et puis son soutien qu'elle a jeté sur le lit avec le reste, il valait mieux ne pas trop étudier ce qu'il y avait par terre. Puis elle s'est allongée contre Pierre qui l'a accueillie avec son bras droit qu'il a détaché de l'autre.

– Ah, tout de même.

Ses seins se sont aplatis sur son torse, leurs corps s'emboîtaient plutôt bien malgré les concessions à faire pour que chaque élément trouve sa place. Et de là, avec ce bras qui l'enserrait, dans cette position tout en confiance, elle s'est mise à pleurer. Prêtes depuis des heures, les larmes ont commencé à couler, d'abord presque sans qu'elle s'en aperçoive, puis elle s'est mise à sangloter ferme, collée contre le torse de Pierre qui ne se laissait pas impressionner par les soubresauts, les hoquets, les petits cris, il en avait vu d'autres.

- Alors, il est parti ?

Pierre a renforcé son étreinte, son menton pesant sur la tête de Janet, la contraignant ainsi dans un espace restreint.

- On dirait.

Elle s'est collée un peu plus et a enroulé sa jambe autour des siennes à demi pliées. Il bandait déjà.

Il n'y avait aucune limite à ses abandons dans cet immeuble promis à la démolition. Elle pouvait hurler, crier, jouir autant qu'elle le voulait, Pierre était seul dans cette immense baraque, à squatter cet appartement qui aurait dû être aussi vide que les autres étages.

Et puis retour sur terre. Retour dans le lit un peu trop petit, duquel Pierre s'était extirpé pour aller soulager sa vessie à l'autre bout de la pièce, dans la minuscule salle de bains qui jouxtait la cuisine ; retour aux fantasmagories, aux inquiétudes folles qui la maintenaient depuis des semaines dans un état d'alerte épouvantable. La panique est remontée à la surface. Retour au Venezuela, où Ruperta, l'éléphante du zoo de Caracas, venait de mourir de faim et où Billy allait atterrir dans quelques heures. Elle le voyait trop bien débarquer à l'aéroport comme un gamin irréfléchi et con, si vulnérable, avec son espèce de besace achetée dix jours plus tôt et les dollars dans sa banane collée sur son ventre. Et les bandes de voyous aux abois qui lui tendaient une embuscade sitôt franchie la porte en verre du terminal de l'aéroport. Embuscade au gamin trop blanc, riche et niais, avec sa pochette pleine de fric collée au ventre, inconscient de ce qui l'attendait dehors, dans cette ville éclatée prête à tout pour s'assurer un minimum de survie. Billy raide et doux, ridiculement bien peigné en permanence, la raie sur le côté, ses cheveux lisses et pâles rassemblés de part et d'autre. L'air d'un jeune prince pas dégourdi. Il s'appelait d'ailleurs William, c'était le père qui un jour avait décidé de transformer William en Billy comme si ce surnom de surfeur californien allait suffire à le rendre plus souple et plus contemporain. Ça n'avait pas suffi, évidemment.

Pourquoi n'était-il pas allé à Bogota comme tout le monde ? Mais c'était à Caracas que Margarita se trouvait, pas à Bogota. Billy n'avait fait aucun cas des arguments que Janet lui avait balancés pour l'empêcher de partir, il n'avait pas eu la moindre intention d'en prendre note.

Elle ne pouvait pas imaginer plus d'une seconde ce garçon, tendu comme un arc en face d'elle tandis qu'elle tentait de le dissuader de s'en aller, débarquer dans un pays en guerre où l'inflation était telle qu'on tissait les billets pour en faire des portemonnaies.

Pierre est sorti de la salle de bains. Petit coup d'œil dehors en passant, les deux tours de la cathédrale étaient éclairées par des spots aux éclats orangés, puis sourire à Janet, qu'il a rejointe tout nu, grand et voûté, baraqué, cheveux blancs un peu trop longs, une allure de vieux qui s'en fout d'être vieux, à prendre ou à laisser.

- Tu veux un verre ? Il doit me rester un fond d'hier.

Il s'est baissé pour attraper son caleçon qu'il a enfilé en la regardant. Puis il a souri, et il a caressé son nez.

- Tu veux qu'on sorte un peu ?

Elle avait un grand nez courbé, les yeux toujours légèrement cernés, c'était ce qu'il avait aimé tout de suite. Ses lèvres serrées formaient quand elles se détendaient des sourires d'une douceur confondante, rien à voir avec la sévérité du nez. Quelque chose de Barbara, en moins pointu. Lui, c'était Max von Sydow en plus large et plus chevelu. La mâchoire un peu prognathe. Et quelque chose de fatigué et d'éteint. Il avait dû être chic dans une autre vie, raffiné. Il portait en alternance les deux uniques chemises qu'il avait pu sauver du désastre, des Paul Smith, l'une à fines rayures rouges et ocre, l'autre à motifs floraux violets sur fond gris, qui avaient certainement connu le temps de la splendeur mais dont les couleurs étaient passées et le col maintenant troué par endroits à force d'usure, les poignets élimés et effilochés. Le remarquait-il ? Son jean noir lustré de fatigue n'arrangeait rien. Les chaussures avaient mieux résisté, elles étaient toujours belles, étroites et élégantes, le cuir noir soigneusement ciré. Il ne s'était pourtant pas passé un seul jour sans qu'elle le voie les porter, elle l'avait même retrouvé plusieurs fois endormi avec elles aux pieds.

La première fois qu'elle l'avait vu, elle ignorait tout de lui – même si elle avait vu deux de ses films, peut-être même trois – alors qu'elle aurait pu le connaître, de réputation, par ouï-dire, les gens qui causent. De toutes ces histoires qui collaient aux basques de cet homme et lui donnaient une importance particulière, mélange d'effroi et de compassion quand les gens parlaient de lui, c'était celle de sa fille qui revenait le plus souvent. Coline avait trébuché un matin sur un rail de tram glissant de pluie, elle était tombée, comme ça, et le temps qu'elle se relève, sans même une égratignure probablement, le conducteur du tram qui démarrait lui avait roulé dessus sans la voir. Il n'avait rien capté, ni qu'elle traversait, ni la chute, ni rien. Il lui était passé dessus sans lui laisser le temps de se redresser, et cette histoire, chaque fois qu'elle était racontée, glaçait les sangs de tout le monde sans exception, chacun s'y voyait comme s'il y était. Ce n'était pas compliqué de se mettre à la place de la fille dans des circonstances aussi stupides et à ce point dramatiques dès qu'on traversait des rails de tram. Frissons, frissons, frissons. Et pour en rajouter une couche, comme si ça ne suffisait pas déjà, il y avait toujours quelqu'un pour glisser le petit détail concret qui, avec sa précision diabolique, nimbait cette scène d'un halo tragique de passé prometteur et de futur complètement foutu. « Elle avait rendez-vous pour son audition de violon à La Monnaie, c'est justement là qu'elle allait. »

La semaine a passé sans nouvelles. Rien, pas un message. Rien. L'appartement de Janet avait déjà partiellement perdu la présence de Billy et la pluie tombait de façon ininterrompue, en fines gouttes de jour comme de nuit.

Il pleuvait plus dru ce soir-là quand elle est arrivée devant le cinéma et Pierre n'a pas attendu qu'elle soit à l'abri sous le porche pour la serrer fort contre lui en se balançant comme un manchot royal. Perdue dans les plis de son vaste manteau, elle l'a suivi dans la danse – un peu sommaire, cette danse – malgré les raideurs bourgeoises qui l'encombraient si souvent. Il y avait chaque fois qu'elle le retrouvait le même sursaut, la même surprise, la même petite fête interne.

Il lui a pris la main avec une affection qui se propageait dans tous ses doigts, pour traverser le hall plein d'une foule légère ; plus personne ne le reconnaissait, on ne le regardait plus, il n'avait pas fallu cinq ans. Il l'a emmenée à travers les couloirs blancs du bâtiment qui sentait le neuf, a poussé la porte battante de la salle. Le tapis épais effaçait le bruit de leurs pas. Les pubs n'étaient pas terminées, et il a conduit Janet jusqu'au rang du milieu sans jeter un regard à l'écran. S'ennuyer au cinéma était inconcevable, ils s'asseyaient toujours à l'extrême gauche de la rangée pour s'enfuir si besoin.

Une odeur de cheveux mouillés flottait dans la salle. Le noir est tombé sur eux et Janet a posé sa veste sur le fauteuil vide à côté d'elle, puis a attrapé le manteau de Pierre qu'il gardait sur ses genoux comme un voyageur soupçonneux sa valise. Il y a eu une toute légère résistance puis il s'est laissé aller, il a tendu les bras pour l'aider.

C'est seulement quelques minutes plus tard, le film avait tout juste commencé, que le type quelques rangées devant eux s'est mis à ronfler. Juliette Binoche expliquait qu'elle ne lirait jamais de toute sa vie entière un roman sur smartphone, Pierre s'impatientait déjà. Ses doigts pianotaient sur la cuisse de Janet et puis les ronflements ont surgi, puissants et chaotiques. Ils prenaient toute la place, ils occupaient tout l'espace de la salle. Ça n'a pas traîné, on ne lui a pas laissé deux minutes. Une spectatrice a quitté son siège et s'est approchée de lui en courant presque entre les rangées, lui a touché le bras. « Réveillez-vous s'il vous plaît, vous dérangez tout le monde... » Il a sursauté, s'est redressé légèrement sur son siège avec un mouvement d'épaule plus que mou, il n'avait de toute évidence pas envie de se soumettre aux ordres, à moins qu'il ne les ait pas compris. Pierre et Janet ne voyaient que son crâne massif et presque chauve, et son absence de cou. La fille est repartie s'asseoir et le type aussitôt a replongé dans sa nuit. Pierre a souri en caressant le dessus de la main de Janet, les ronflements étaient maintenant plus légers, presque paisibles, réconfortants, ils n'avaient pas pour ambition d'empêcher Guillaume Canet et ses potes de gloser sur l'édition numérique. Mais cette nouvelle discrétion sans doute involontaire n'avait pas l'air de suffire, la salle s'échauffait, un type a crié :

– Laissez-nous voir le film, bordel !

Mais ça ne servait à rien, à rien du tout, le dormeur dormait, le dormeur les niait tous, son monde était ailleurs.

– Rentrez chez vous, putain ! Cette voix-là était plus aiguë, plus menaçante, on n'allait pas en rester là.

– Foutez-lui la paix. Où voulez-vous qu'il aille ?

Pierre s'est mis à rire, un rire surpris, grinçant, hautain ; s'il se penchait vers la gauche il avait une vue plongeante sur le caddie auquel le bras du type était fermement arrimé malgré son corps absent, soustrait à l'irritation qu'il suscitait.

La cathédrale baignait dans un jaune doré que la pluie griffait et marquait de gris foncé. Le vent s'était mis à souffler pour accompagner cette pluie qui tombait maintenant en oblique, le trajet à pied n'avait duré que quelques minutes mais ils étaient trempés. On annonçait de la neige pour cette nuit ou ce week-end, c'était difficile à croire, il ne faisait pas si froid.

Pierre s'est agrippé à la rampe en contemplant d'un œil las la cage d'escalier étroite et moche, il avait dix volées à se taper. Janet l'avait devancé, grimpait sans effort apparent, et elle l'attendait sur le premier palier tandis qu'il se lançait à son tour dans l'ascension.

– Dans ces escaliers, je me rappelle à chaque fois que j'ai quinze ans de plus que toi.

Il a levé la tête pour mieux la voir mais la lampe du hall s'est éteinte.

– Tu es là ?

– Oui, oui, je t'attends.

La lumière est revenue et le visage de Janet est apparu au-dessus des marches mais l'angoisse qui avait surgi dans la voix de Pierre planait comme un oiseau de proie patient et résolu.

– Et qu'on ne me parle plus d'Assayas. Ce gamin est vide, c'est un faiseur, c'est un petit mec. C'est pas du cinéma, c'est des bobos enculeurs de mouches.

Il est parvenu au palier, a repris son souffle en respirant très fort. Janet est repartie vers les étages supérieurs, avec ses petits talons, clac clac sur chaque marche en bois. Il a appuyé plusieurs fois sur la minuterie comme si ce bouton des années soixante allait enregistrer les coups, puis il a continué sa montée en regardant ses pieds. Il a lancé vers les hauteurs :

– Et des nouvelles de ton gamin à toi ?

– Non.

Sur chaque palier il y avait des paillassons abandonnés, des traces d'humidité le long des murs, elle était arrivée au quatrième. Encore un. Elle entendait derrière elle les pas de Pierre approcher péniblement, elle s'est penchée pour voir où il en était de son ascension, voir le dessus de sa tête blanche baissée vers les marches qu'il gravissait avec méthode ; le bruit de ces pas douloureux et circonspects lui a soulevé le cœur, où serait-il dans deux ans ? dans cinq ans ? Elle ne posait jamais la question au pluriel, parce qu'ils ne vivraient sans doute jamais ensemble et mourraient chacun chez soi le moment venu.

Le cinquième étage n'était pas plus glorieux, même paillasson douteux, mêmes traces d'humidité. Janet a tourné la clé dans la serrure, ouvert la porte de l'appartement. La cathédrale apparaissait flamboyante, jaune et floue dans la pluie qui noyait les vitres. L'atmosphère de la pièce était tiède et bienfaisante, contrastait avec tout le reste. Janet a lancé son manteau trempé sur la méridienne qui brillait dans la pénombre. C'est elle qui l'avait achetée. La première fois qu'elle avait vu la cathédrale depuis ces fenêtres et pas un fauteuil convenable où s'asseoir pour la regarder, elle s'était demandé comment c'était possible. Et avait passé les quelques lundis matin qui avaient suivi rue Haute, avait écumé chaque magasin de meubles jusqu'à ne plus penser à rien d'autre.

Pierre était parvenu au palier, elle l'entendait souffler derrière elle. Il est entré d'un pas pesant, les lames du parquet grinçaient plus péniblement que sous son poids à elle.

– Tu as envie de fumer un peu ?

Son manteau lourd de pluie a atterri sur celui de Janet. Cette méridienne était aux antipodes du fauteuil qu'elle avait espéré acheter, elle n'avait toujours pas compris ce qu'il lui avait pris, à ce point charmée par cette banquette dure et raide qu'elle en avait oublié ce qu'elle cherchait et fait livrer chez Pierre cette espèce de banc sans dossier qui depuis lors servait à déposer les manteaux. Pierre s'est assis à la petite table installée contre le mur, sur laquelle traînait un vieil ordinateur portable poussiéreux branché ad vitam, petite table qui servait à manger, à écrire, à poser les bras, à confectionner des pétards serrés et denses. Il avait perdu sa maison dans le financement de son dernier film, un projet qui avait toutes les raisons d'aboutir après le succès éblouissant du précédent ; Léa Seydoux et Kristen Stewart avaient donné leur accord et le tournage entre la ville d'Oslo et un château des Grisons devait durer dix semaines, mais Coline avait traversé les rails du tram et Pierre avait tout arrêté.

À l'aide de ciseaux à ongles il s'est mis à couper des brins de tabac avec une minutie hésitante, soudain ça dérapait et puis il reprenait le contrôle de ses gestes, fronçait les sourcils, ouvrait un peu la bouche, les bras serrés le long du corps.

Un vrai bon moment, ce joint serré juste comme il faut et bien chargé. La cathédrale était belle comme jamais, la pluie battait les vitres et tout ondulait. Ils étaient assis de part et d'autre de la table, dos contre le mur, parallèles, comme à une terrasse de bistrot, et échangeaient le pétard sans un regard l'un pour l'autre mais en se caressant furtivement la main à chaque passage, hypnotisés par le bâtiment qui ondoyait comme un boa tranquille. Tout était bien.

– Je me demande si je pourrai un jour vivre ailleurs.

Elle se le demandait aussi. Un repaire de vieux qui s'efface sans rendre aucun compte à personne, plus jamais. Il avait voulu la paix il l'avait. Drôle de vie que la sienne, immobile et sans lien avec rien, il était détaché de tout sauf d'elle. Il l'aimait fort, il éprouvait toujours la même joie à la retrouver, sans réserve ; pour elle, il était parfaitement disponible. Ils ne se voyaient que dans ce nid d'aigle face aux faucons qui se cachaient aussi, ou en ville, et sans doute ça aidait, c'était peut-être la condition sine qua non. Elle l'aimait fort aussi même si elle ne comprenait pas toujours ce qu'ils faisaient ensemble. Il passait la majeure partie de son temps à dormir, et s'était arrangé Dieu sait comment pour démolir lui-même tout ce qui ne l'avait pas été avant qu'il ne s'en mêle. Ni amis, ni famille, ni boulot, ni passions, rien d'autre qu'elle. Elle l'aimait fort aussi même si parfois elle souhaitait qu'il meure vite, qu'il n'attende pas dix ou quinze ans. Inutile de se taper la débâcle, et que le plaisir d'être avec lui se transforme en inquiétude, en pensées noires, en impuissance. Elle n'avait pas le moindre espoir d'aimer les années qui allaient venir. Qu'on leur en donne encore quatre ou cinq, même deux ou trois, ça devait suffire, ça permettait de voir venir sans s'encombrer du reste. Et comme s'il avait deviné à quoi elle pensait, ce dont elle ne doutait qu'à moitié, il a demandé :

– Il te reste une heure avant de mourir, tu choisis d'écouter quoi ?

Huit secondes de réflexion. Rien, a priori. Grand silence nécessaire. Mais s'il fallait dire quelque chose, eh bien.

– *La mélodie hongroise* de Schubert.
– Mmmmh.
– Toi ?
– *Le bal des Laze.*

Le bal des Laze ? Elle ne se rappelait plus. *Le bal des Laze* ? Il a fini par ouvrir son ordinateur d'une main peu assurée tandis que son autre main se débarrassait auprès d'elle du pétard presque achevé. Il a posé l'écran entre eux pour qu'elle puisse regarder en même temps que lui Polnareff assis au piano, évidemment elle connaissait la chanson par cœur, son titre lui avait juste échappé. Polnareff était vêtu d'un singlet rose et turquoise sur un pantalon blanc si serré que c'était à se demander comment il pouvait rester assis sans souffrir le martyre. Et ça pouvait être ça, la dernière vision du monde ? Ce type dans ce pantalon ? Elle a regardé fascinée les flammes vivantes du décor qui sortaient d'une immense cage ronde en acier, les briquets allumés dans la salle, Polnareff en sueur et totalement habité, l'emphase, le mélodrame, l'orgue et la basse électrique, *Je serai pendu demain matin*, l'enfer était tout proche. Pierre était aussi subjugué qu'elle, c'était impossible de ne pas se laisser entraîner par le flot, le kitsch et la grandiloquence, et la volupté qu'avait dû éprouver ce mort en sursis. Ils ont écouté le morceau en se caressant les doigts, en glissant les doigts jusqu'aux poignets, puis jusqu'aux coudes, elle tremblait comme à quinze ans, ce bal des Laze la rendait spongieuse et le lit était tout proche ; mais à la fin du morceau, au lieu de le mettre en boucle, Pierre est passé à Alfred Brendel croyant lui faire plaisir. C'était tout autre chose, sautillant et léger, délicat, réservé, déchirant, mais cette mélodie hongroise n'avait plus rien de lascif. Très classe mais moins sexy.

Janet s'est redressée, la pluie s'était transformée en grésil qui faisait un léger bruit sur les vitres. Dans la brume du pétard elle a pensé tour à tour au type du cinéma et à Billy, où dormait le premier et que faisait l'autre ? Il était dix-sept heures environ à Caracas. Elle avait tellement envie de savoir où il se trouvait que ça lui brûlait le ventre.

Dans le lit d'une personne et demie, ils étaient couchés en cuiller, elle devant et lui derrière, et il l'a emballée tout entière dans ses bras comme s'il était une couverture. La couverture s'est mise à glisser sur elle, il avait les mains chaudes, qui savaient toujours parfaitement où elles allaient. Le jaune de la cathédrale au dehors remplissait l'appartement, Janet avait les yeux grands ouverts sur le mur qui faisait face à son côté du lit et les mains de Pierre l'énervaient, pour la première fois depuis qu'elle le connaissait.

Il y avait aux jointures du papier peint des morceaux arrachés qui laissaient voir le plâtre un peu moucheté, percé de petits trous, impossible de se détendre ; elle voyait le mur abîmé et Billy appuyé contre le mur, dans une ruelle infâme, avec sa banane sur le ventre, propre et bien mis, avec son air pas du tout adapté aux circonstances, terrifié et mis en joue par des petits cons qui le serraient de près, comment les faire fuir, comment les faire fuir, ce papier peint était en train de la rendre malade. Pierre avait beaucoup trop chargé ce pétard. *Arrête s'il te plaît...* Pierre a ralenti ses caresses progressivement, impossible de savoir s'il acceptait la demande, s'il obéissait à regret, ou s'il était carrément contrarié. Pas chouette. Elle s'est frottée contre lui en guise d'excuse, mais rien n'a bougé, la fête était finie, les mains de Pierre étaient posées sur son ventre mais ne le caressaient plus. Bon d'accord. Mais pourquoi se serait-elle mise à lui raconter tout ce qui lui passait par la tête ? Ses pensées n'avaient aucun fondement rationnel, c'était complètement délirant d'avoir si peur de ce qui pouvait advenir au bout du monde alors que les drames se déroulaient là, tout près. Le monde entier était un traquenard qui n'offrait pas la moindre parcelle un tant soit peu sécurisée. Rien, rien, rien, rien, à part ici en haut, peut-être. Ces cinquante mètres carrés. Et son appartement bourgeois, aussi, oui, oui, là aussi tout était en ordre, tranquille et sans danger manifeste. Partout ailleurs, les vents soufflaient trop fort, la tempête rendait l'équilibre périlleux.

Le papier peint déchiré formait de longues stalactites dont elle percevait la froideur humide tandis que le même souvenir encore et toujours refluait. Pierre s'était endormi sans dire un mot, son souffle régulier lui chatouillait la nuque.

Par où le prendre, ce récit ? Qu'est-ce qui le rendait important ? Qu'est-ce qui comptait vraiment ? Qu'oubliait-elle et qu'y ajoutait-elle sans le savoir ? Elle n'avait déjà plus qu'un souvenir diffus de cette place sur laquelle tout avait commencé et qu'elle connaissait pourtant si bien, elle n'était même pas sûre de se rappeler l'existence du char d'assaut posé là pour rappeler la bataille des Ardennes. Il devait pourtant s'y trouver. Elle n'était plus sûre non plus du café où elle les avait rencontrés, une brasserie ? un resto ? un bistrot seulement ? C'était la première terrasse qui se présentait devant l'arrêt du bus dont elle était descendue longtemps après tout le monde parce qu'elle s'était endormie. Elle ne savait plus à quoi ce bistrot ressemblait, elle n'avait plus qu'un vague souvenir de chaises en bois et de tables qui rutilent, visibles depuis la place par la porte grande ouverte. Et le soleil dehors, la chaleur sur la place, les rires, les cris, les accents, son débardeur bleu qu'elle avait acheté pour le camp, son short gris à franges, son sac à dos jaune. La fille à côté de qui elle était assise dans le bus l'avait reconnue depuis la terrasse et l'avait invitée à se joindre à eux sous la marquise en toile qui les protégeait du soleil. Les deux types tournaient autour de la trentaine, c'étaient les frères de la fille, qui les présentait à Janet avec exubérance, serrant dans ses bras celui qui était à côté d'elle en emportant l'autre dans son geste. Ils avaient conservé la ferme familiale et la sœur venait y passer quelques jours de vacances. Janet avait été ravie de pouvoir s'asseoir un peu à l'ombre, avec eux. Elle avait commandé la même bière qu'eux, la soirée s'annonçait inattendue et joyeuse.

La respiration de Pierre s'était transformée en ronflements, plus sobres que ceux du type au cinéma, presque polis. Il connaissait déjà l'histoire. Il lui avait demandé un soir quel était le moment de sa vie qu'elle aurait voulu changer. Elle lui avait raconté son aventure, presque honteuse et embarrassée – idiote – de ne pas jouer dans la même cour que lui, elle n'avait que du mi-lourd à mettre dans la balance. Mais bon. En la lui racontant, elle s'était demandé tout à coup si elle était vraie, ou si elle en inventait tout ou partie, si elle l'avait vraiment vécue, et endurée.

Leur ferme se trouvait à cinq kilomètres du terrain où elle devait planter sa tente et il faisait presque nuit quand ils avaient proposé de la raccompagner. Elle s'était installée avec la fille sur le cuir encore chaud de la banquette arrière de la voiture qui avait passé l'après-midi au soleil, une Volvo Amazon vaste et odorante. Elle était super contente et fière de la façon dont elle avait réussi à se glisser dans leur petit groupe, elle avait dix-sept ans et parlé presque autant qu'eux, les avait fait rire aussi, sans souvenir d'avoir dû fournir un quelconque effort, et elle avait bu plusieurs Orval en mangeant sans doute un croque-monsieur, elle n'avait pas pu passer toute cette soirée sans rien avaler après le trajet en bus.

L'un des frères avait mis une cassette de Supertramp dans le lecteur. *Crime of the Century*, à fond au milieu des prairies, toutes fenêtres ouvertes, et elle avait allongé ses jambes nues jusque sous le siège avant. Si la route qu'ils avaient prise dans la nuit tombante s'était complètement noyée dans sa mémoire, bien qu'elle connût le trajet pour l'avoir emprunté depuis l'enfance, elle se rappelait parfaitement la jubilation provoquée par les notes de *Dreamer* et le vent par les fenêtres. Elle avait repéré presque à regret l'entrée du champ où elle allait dormir et ils l'avaient déposée sans éteindre le moteur ni la musique. Elle avait récupéré son sac à dos dans le coffre, sans savoir comment conclure, ni ce qu'elle pouvait donner en échange.

Comment elle avait pris congé, plus un gramme de souvenir, mais le sentiment de reconnaissance qu'elle avait éprouvé envers eux restait aussi net qu'une odeur d'herbe coupée. Et puis ensuite ? Elle se voyait assise sur le tapis de sol de sa tente ouverte sur la nuit, heureuse d'être sous les étoiles, heureuse d'avoir raconté des salades à sa mère en prétextant que les scouts arrivaient le même jour qu'elle. Ils n'arrivaient que le lendemain, elle avait la nuit pour elle. C'était ce qu'elle voulait. Elle aurait tout donné pour cette nuit et elle avait réussi à se l'offrir. Une nuit seule dans un champ nu, un champ qui lui appartenait. Façon de parler. Qui appartenait à sa famille mais elle se voyait châtelaine, indispensable et prodigue, faisant le bien autour d'elle avec toute l'aménité et le charme dont elle se savait capable. Elle mourait d'envie déjà de les voir arriver. Les scouts. Ses potes. *Salut les gars ! J'suis là, j'ai dormi là !!!*

La nuit était déjà bien avancée, Janet dormait à moitié et quelque chose dans son ventre a senti la lumière de la torche qui traversait le champ et la toile de la tente. Elle s'est redressée dans son sac de couchage, le cœur brûlant, la tête aussi, elle a vu le faisceau de la lampe au loin qui tournoyait dans le champ tout autour d'elle, elle a hurlé aussitôt et sans doute était-ce la meilleure chose à faire pour qu'il comprenne avec précision où elle était. Elle a vu la lampe s'éteindre et elle a cru mourir. Pendant trois secondes, peut-être six, longues et de pure terreur, durant lesquelles elle n'a pas même réussi à bouger un doigt. Et puis, mouvement soudain dans la toile de sa tente. Le type est entré comme une balle, comme s'il était poursuivi. Lequel des deux était-ce ? Elle ne voyait rien, il s'est étendu sur elle, brutal et affolé, pas de place pour les mots, les supplications, les états d'âme, il l'a triturée à travers son sac de couchage, lequel des deux était-ce ? Elle aurait été incapable de dire pourquoi ce détail avait tant d'importance ; il a plongé son bras dans le sac de couchage et a fouillé dans le noir. Où étaient les jambes, la culotte, la chatte, les fesses, le cul ? Il s'agitait frénétique, pressé de lui faire du mal, de la baiser ou d'en finir, ou peut-être simplement épouvanté lui-même d'avoir osé arriver jusque-là et de ne pas savoir comment en sortir, c'était trop tard, trop tard pour faire machine arrière, peut-être était-ce ce qui le rendait si brutal. Janet pouvait crier autant qu'elle le voulait, personne ne s'inquiéterait pour elle. Il y avait seulement dans les environs immédiats ce grand champ vide qui lui appartenait et la rivière en contrebas.

Que s'était-il passé ensuite, qu'avait-elle fait ? Les scouts avaient débarqué au petit matin, oui, fatigués et bavards, beaux et pâles, déjà suants mais heureux d'arriver sous le soleil et de se croire invincibles. Elle les avait accueillis le corps meurtri et douloureux, sa vie coupée en deux, elle avait la tête arrachée. Son sexe brûlait, son cul brûlait, ses seins, ses jambes et son cou lui faisaient mal, gardaient des traces bleues et rouges que personne ne remarquait, il lui avait serré la gorge avec sa grosse main de fermier pour qu'elle arrête de pousser ses cris qui, des heures après, résonnaient encore dans le soleil. Elle s'était tellement réjouie, elle connaissait parfaitement les endroits de la rivière où elle voulait les emmener. Mais cette matinée avait été comme du plomb en fusion, plus rien ne bougeait en elle, et en même temps tout brûlait.

Ensuite une série de petites peurs sans objet véritable avaient enterré sa plainte avant même qu'elle ait été déposée en lieu sûr.

Elle avait eu peur de sa mère qu'elle aimait plus que tout, qui n'en serait pas revenue d'avoir mis au monde une fille aussi inconsciente et simplette ; passer la nuit toute seule au milieu d'un champ, non mais ça allait ? elle avait toute sa tête ou quoi ? elle était bête ? elle était timbrée ? Tout était écrit depuis l'odeur de la Volvo sinon depuis le début, et elle n'avait rien vu venir à cause de trois Orval ?

Elle avait eu peur de revoir les deux frères, de trembler devant eux et de ne pas savoir lequel des deux c'était, elle se rappelait le demi-sourire de Jean-Marc auquel elle avait plusieurs fois répondu.

Elle avait eu peur aussi de massacrer les heures qui avaient précédé en donnant trop d'importance à cet épisode sordide, la soirée sur la place avait été la première de sa vie où elle s'était sentie à ce point libre et vivante. Et puis elle avait adoré l'odeur de la nuit, la musique à fond de caisse qui se déversait dans la campagne par les fenêtres de la Volvo et qui couvrait le bruit du moteur.

Du coup, elle n'avait pas bronché, rien raconté à personne, l'idée même de demander réparation ne l'avait qu'effleurée ; elle avait préféré que ce souvenir s'évapore de lui-même, se fasse oublier. Mais le silence que Janet avait choisi de laisser planer sur cette histoire avait évidemment produit l'effet inverse de celui attendu. Il n'y avait pas eu d'effacement spontané, pas eu de volatilisation, pas eu de miracle, mais à la place une porte restée grande ouverte à travers laquelle depuis lors s'engouffrait le vent.

– Janet... Arrête. Janet.

Il l'a serrée contre lui en oscillant d'avant en arrière, sa voix était aussi claire que s'il n'avait pas été endormi un instant plus tôt, et ne laissait pas transparaître son agacement s'il en éprouvait.

– Billy va appeler, arrête de t'en faire comme ça.

Et se souvenant sans doute de l'efficacité redoutable des diversions créées par les parents pour détourner l'attention d'enfants dépassés par eux-mêmes ou complètement jetés – regarde, l'avion ! regarde, les vaches ! – il a dit d'une voix réjouie :

– Regarde, il neige.

Elle a réussi à lâcher le papier peint des yeux pour lever la tête vers la fenêtre. Des flocons légers tourbillonnaient entre eux et la cathédrale. Des flocons imprévisibles, frivoles, étourdis, qui par leur mouvement dansant rendaient tout parfaitement calme.

Le dessus des gargouilles était couvert d'une épaisse couche de blanc et le ciel était bleu comme un ciel de montagne. Une flaque de soleil sur le plancher se rapprochait doucement du lit, toucherait la couverture dans pas longtemps.

Elle a collé ses fesses contre les cuisses de Pierre, son corps vieux et puissant lui plaisait terriblement ce matin. Elle se sentait bien, la lumière avait anéanti tout le reste.

- C'est la deuxième fois qu'on voit la neige ensemble.
- Le canal du Centre, il y a deux ans, tu te rappelles, les canards tremblaient de froid.
- Il y avait des canards ? Je me souviens des écluses qui avaient gelé. C'était magnifique.

Ils parlaient tout bas. La tache de lumière progressait, Janet en sentait presque la chaleur. La peau de Pierre l'inondait de bien-être.

- Tu es toute chaude... c'est gai. Tu vas à l'hôpital à quelle heure ?
- Je commence à quatorze heures.

– Ah la belle vie qu'on a.

Il a embrassé son épaule, elle a eu un mouvement de loutre. Encore, chouette, encore.

– J'ai faim.

– Oui.

– J'ai envie de thon.

– Du thon cru ?

– Oui.

– Le rouge très cher de chez Dejongh ?

– Oui.

Il a embrassé sa nuque, par petites touches précises, elle vibrait. Elle s'est retournée pour le regarder, elle ne l'avait pas revu depuis la veille au soir, juste senti son corps contre elle pendant toute la nuit. Il a souri, tout content de la découvrir là, *où étais-tu passée, ma belle amie, bien dormi ? non, je sais j'étais là.* Elle l'a embrassé, son haleine du matin était étonnamment fraîche, cet homme sentait bon de partout, elle a glissé sa langue sous la sienne en l'entourant de son bras. Les mains de Pierre ont commencé à circuler sur son corps selon des routes qu'il maîtrisait si bien qu'elle ne pouvait douter qu'il ait eu une belle vie. Ce matin tout revenait, tout était là comme chaque fois, tout son corps ondoyait avec la perception très nette et savoureuse qu'on n'allait pas en rester là ; l'image de Billy était retournée à la place qui lui convenait, aussi loin que possible. Comme tout le reste. Apprends un peu la vie, fils, fous-moi la paix deux minutes. Elle a caressé le dos de Pierre qui descendait naturellement jusqu'aux fesses, d'une douceur invraisemblable.

Et puis tout à coup il était onze heures et demie et elle n'avait pour mettre aux pieds que les talons qu'elle portait la veille, des bottillons en daim qui allaient percer sitôt sur le trottoir mais tant pis. Pierre n'était pas mieux loti, il n'avait pas le souvenir d'avoir un jour possédé autre chose que ses chaussures en cuir noir, et ils sont arrivés sur le trottoir tout blanc avec quand même l'impression que le thon risquait de leur coûter cher, Janet a pris la main de Pierre dans la sienne.

– Bon allez, on fait gaffe.

Ils ont descendu la rue avec le sentiment d'avoir cent ans chacun, les autres passants n'en faisaient pas autant. Janet tenait la main de Pierre avec une fermeté qui ne servait à rien, s'il tombait il l'entraînerait forcément avec elle. L'air était sec et piquant, ils marchaient dans la ville éblouissante d'une clarté redoutable, les rares voitures hésitaient, ça glissait fort, tout était inhabituel, à la fois joyeux et hasardeux, mais la concentration douloureuse de Pierre pour mettre un pied devant l'autre lui faisait presque regretter d'avoir accepté de sortir de chez lui.

– Non, Madame, vous n'avez pas mal partout... Vous n'avez pas mal là, si ? Et là ?

Posément, Janet touchait sa propre pommette, puis son nez, les yeux rivés sur la femme assise en face d'elle, lourde, un peu inerte, surprise.

– Non. Non... Je n'ai pas mal là.

– D'accord. Essayez d'être plus précise sur ce que vous sentez vraiment. Sinon on ne va pas pouvoir avancer, vous comprenez ?

Au milieu de sa sollicitude habituelle naissait une pointe d'agacement, de plus en plus souvent. Il n'y avait jamais que des femmes, à peu de chose près, pour venir dans son petit bureau ; tous les âges, toutes les formes, toutes repliées sur leurs douleurs innombrables. Un des rares hommes qui s'était assis sur la chaise en face d'elle, c'était Pierre, quatre ans plus tôt. Il n'était venu qu'une fois, égaré, décousu mais disposé à lui déballer ses misères physiques, bénéfices directs des misères morales dont elle ignorait tout, comme s'il attendait d'elle un miracle, une solution radicale.

– Je suis l'infirmière coordinatrice, Monsieur, je vais vous diriger vers le médecin compétent.

Elle lui avait souri, émue par ce large type intimidé, si dense qu'il faisait vibrer l'air de la petite pièce dont l'absence de fenêtre ne permettait même pas de respirer un peu.

Elle a raccompagné la patiente jusque dans le hall d'accueil, il manquait depuis trois mois au moins une ampoule pour éclairer le panneau *Pain Clinic* qui surplombait le comptoir. Douze ans qu'elle travaillait là, combien d'anglophones avait-elle accueillis à cette consultation ? Trois ? Quatre ? *Pain Clinic.* Florence était seule derrière son ordinateur, il était bientôt dix-huit heures et le couloir s'était vidé, tout le monde semblait s'être évaporé. Fondu.

– Tu as fini ?

– Oui.

Mais non, la journée seulement et enfin commençait, les notes grêles et impérieuses d'un appel Skype se sont échappées de son bureau par la porte entrouverte et sont parvenues jusqu'à elles. Janet a fait demi-tour et s'est mise à courir.

Ce papier peint-ci était chargé de grosses fleurs style pivoines d'un mauve fané, sur un fond très foncé, brun ou noir, difficile à dire, la connexion n'était pas top. Mais Billy était là, tout proche de l'écran, le visage légèrement déformé dans l'image, fatigué, un peu rouge mais les cheveux toujours lisses et coiffés.

Malgré cette profusion florale, l'appartement avait l'air minuscule et mélancolique. Une armoire brun clair était posée contre le mur et, entre Billy et le papier peint, il y avait un type penché sur une table basse, sans doute occupé à préparer de quoi fumer, vu son air concentré et le mouvement de ses mains. C'était probablement le contact qu'il avait, le pote de Margarita. L'image n'était pas assez nette pour le reconnaître d'après la photo que Billy avait eu la bonne grâce de lui montrer sur Facebook, mais sa présence intimidait Janet, peut-être Billy aussi, il n'avait pas l'air plus à l'aise qu'elle, en tout cas ce n'était pas simple. Elle n'était pas fichue de rassembler ses esprits même si la tension accumulée les derniers jours venait de glisser de ses épaules aussi facilement qu'une cape molle.

– Tu dors là ? Chez lui ?

Si ça se trouve, le type parlait français, ça réduisait la marge de manœuvre, elle avait presque envie de parler tout bas.

– Oui... il y a un canapé là.

Il a indiqué une direction avec son bras droit mais l'écran était toujours fixé sur l'image du type penché sur la table basse.

– Et tu vas rester là longtemps ?

– Non, je vais bouger bientôt.

Elle osait à peine demander pour aller où.

– Et tout va bien ?

– Oui oui, ça va, ça va, oui, c'était un peu chaud quand je suis arrivé, à l'aéroport, et les premiers jours, mais ça va, oui, ça va bien...

Il s'est retourné vers le gars qui n'avait pas changé de position, puis de nouveau vers l'écran. Mais bon, à part ça où en étions-nous ?

– Des nouvelles, Billy ? Tu as vu Margarita ? Tu l'as retrouvée ?

Le temps s'est suspendu, arrêt au cours duquel Billy s'est à nouveau tourné vers le type comme s'il s'attendait à ce que l'autre réponde à sa place. Mais la scène était figée. Seules les mains du gars bougeaient.

– Margarita est à Amsterdam. Son mari a réussi à quitter Caracas, elle est allée le rejoindre à Amsterdam. Elle n'est jamais revenue ici.

Janet s'est raidie comme le reste de l'image, on aurait pu croire que la connexion avait été interrompue. *Son mari a pu quitter Caracas, elle est allée le rejoindre.* Sérieux. Qu'est-ce qu'il fallait dire ? Elle se sentait soudain si désolée pour lui.

– Tu savais qu'elle avait un mari ?

– Non.

Il a souri d'un air profondément malheureux en regardant Janet plus franchement que ce qu'il avait fait depuis le début de la conversation, et la simple idée qu'il allait passer la nuit sur ce canapé invisible à côté de cette armoire dans l'appartement maussade de ce type qui n'avait pas tourné la tête vers eux donnait à Janet l'envie irrésistible de lui adresser sur-le-champ un billet de retour, qu'est-ce qu'il foutait là-bas ?

Le jour où il avait rencontré Margarita, il n'avait rien vu venir et rien su faire. Elle travaillait à la cafétéria du bloc II et la première fois où Billy s'était retrouvé face à elle, avec son plat de pâtes brûlant dans les mains et ses couverts qui lui échappaient, elle lui avait indiqué où étaient les plateaux et tout avait commencé là, gentiment. Margarita travaillait au resto U depuis quinze jours, pour se payer disait-elle des études d'infirmière, et Billy était tombé amoureux d'un seul tenant, il avait quitté la piste.

Pendant les trois mois qui avaient suivi il avait eu l'air de flotter deux mètres au-dessus du sol, extatique, égaré, timoré et en même temps flamboyant, il avait la tête de quelqu'un qui ne comprend rien à rien mais semblait adorer chaque minute de cette bouillasse. Plus rien ne tenait ensemble, il était transi et totalement habité par cette histoire. Janet l'avait rencontrée deux fois et ne s'était pas étonnée de le voir cuit. Margarita était minuscule, ravissante et vive, elle avait une grande bouche qui souriait tout le temps et des cheveux longs si lisses et si noirs que c'était compliqué de ne pas les caresser ; mais cuit à ce point-là, tout de même, ça faisait peur. Fini le calme. Il passait à l'appartement en vitesse, à moitié défait, survolté et dispersé, sans plus rien regarder, ni les meubles, ni sa mère ; il restait quelques minutes dans sa chambre et en repartait aussitôt, pressé d'être ailleurs, évidemment avec elle, comme s'il était prêt à se laisser tomber dans un grand tuyau dont on ne voyait pas le bout. Il dormait chez elle presque chaque nuit, dans un vaste appartement bien placé à quelques rues de l'université, qu'elle partageait avec plusieurs compatriotes vénézuéliens, trois ou cinq, ça dépendait des jours, et Billy était trop heureux de pouvoir se fondre dans le flou du nombre. Sans doute ne dormait-il pas plus de quatre heures par nuit, il flottait en permanence, et même si l'université se trouvait à deux pas, ses cours c'était de l'histoire ancienne, en tout cas ce n'était plus à l'ordre du jour, il n'était plus là pour personne.

Et puis le 11 décembre, Margarita était partie. Janet ne savait pas pourquoi elle se souvenait précisément de cette date. Elle était partie sans rien dire, elle n'était pas au rendez-vous qu'elle avait pourtant donné à Billy après la fermeture de la cafétéria à vingt heures pour aller boire un verre au Pantin. Il l'avait cherchée partout pendant trois jours sans plus dormir du tout, les colocataires jouaient les imbéciles, ils ne savaient pas où elle était passée, elle allait sûrement revenir. Elle ne leur racontait pas toutes ses allées et venues, ils n'avaient pas de nouvelles, non, mais s'il était arrivé quelque chose on le saurait. Non ? Billy avait d'abord cru à un accident, avait appelé les hôpitaux puis averti la police, posté la photo de sa chérie sur les réseaux sociaux et puis au bout de trois jours, comme il ne les lâchait pas une seconde, un des potes avait fini par lui dire que Margarita était repartie au Venezuela pour aider sa mère malade. Subitement, pas prévu du tout au programme, en tout cas rien n'avait filtré, partie presque en catimini. Elle avait d'abord fait un crochet par Amsterdam pour retrouver un cousin, ou un de ses frères ? et attraper un avion à Schiphol. Tout ça n'avait aucun sens, elle lui aurait dit quelque chose, à lui, Billy, elle lui aurait annoncé son départ, non, tout ça n'avait aucun sens. Et encore moins d'avoir attendu trois jours pour lui annoncer un truc aussi bateau.

Depuis une semaine, le froid était revenu. La neige tombée dix jours plus tôt avait fondu mais un gel dur et sec l'avait remplacée. On était mardi, le soir tombait vite, la ville avait l'air de se figer dans une sorte de brouillard bleu. Au bout de la rue, sous l'arche de l'entrée des cuisines de l'hôtel Sheraton, il y avait trois types assis sur des cartons, qui fumaient en regardant tous le trottoir d'en face sur lequel il ne se passait rien. Janet a cru reconnaître dans le plus âgé d'entre eux l'homme fatigué qui les avait empêchés de voir le film d'Assayas, même absence de cou, mêmes cheveux ras, même caddie écossais. Elle est passée devant eux, « bonsoir », un des trois a répondu en hochant la tête, « bonsoir Madame », un peu maniéré, révérencieux, tandis que les deux autres ne semblaient pas même l'avoir vue. La cathédrale perçait le bleu du brouillard de son jaune orangé, Janet l'a contournée, a levé les yeux vers les fenêtres allumées de l'appartement de Pierre qui étaient les seules à trouer la façade.

Quand elle est entrée, elle n'a pas compris tout de suite ce qui se passait. Elle n'a pas senti le froid, juste vu Pierre assis sur sa chaise, vêtu de son manteau serré contre lui comme s'il était prêt à partir.

- La chaudière est en panne.
- C'est une blague.
- Je crains fort que non.

Il s'est levé pour l'embrasser et c'est seulement à ce moment-là qu'elle a vraiment senti le froid qui les entourait.

- Depuis quand ?
- Avant-hier soir.
- Avant-hier soir ?

Elle ne l'avait plus vu ni entendu depuis avant-hier soir ? Elle a soudain senti comme un vertige, l'a serré dans ses bras à travers son gros manteau.

- Et tu n'as pas de radiateur électrique ?
- Il a fait sauter les plombs.

Pierre a grimacé en frissonnant des épaules aux talons. Il n'était pas comme d'habitude, il avait l'air suspendu, il avait l'air d'un gamin indécis et perdu, presque au bord de la panique, au bord d'une perte de contrôle, à moitié pas là. Malgré tout, il a frictionné les bras de Janet comme si c'était elle qui était frigorifiée depuis deux jours.

- Pourquoi tu ne m'as pas appelée ?

Il s'est éloigné d'elle pour prendre sur la table un verre à moitié plein de whisky.

– Andrico est venu voir, ça a l'air foutu, il ne va pas la remplacer, évidemment. Va falloir trouver autre chose.

Il est revenu, a caressé son dos à travers sa veste en cuir en buvant une gorgée.

– Tu en veux ?

– Non merci.

– Il reste deux mois avant le printemps.

Petit rire sans gaieté. Et puis silence. Zéro solution. Et la cathédrale rutilait là en face, sûre de rester, besoin de personne.

– Viens chez moi.

Voilà, ce n'était pas compliqué, on y était. Une idée à la fois simple et tout à fait extravagante. Janet a levé les yeux vers lui. Et hop. Il a déposé le verre sur la table. Ils n'avaient jamais passé plus de trois jours ensemble, et toujours dans des circonstances adorables.

– Et hop.

Elle s'est mise à rire, lui aussi, ni l'un ni l'autre ne sachant très bien pourquoi. Elle avait tout de même quelques idées.

– Chez toi.

– Oui.

– Tout le temps.

– Ben oui, tout le temps. Ça va être si long ?

Il a eu de nouveau son rire enroué. Mais un peu plus assuré cette fois.

– Ton petit côté raide va avoir un peu de mal. Et on n'a pas tout à fait les mêmes horaires… je ne fais pas grand-chose de mes journées.

– Je sais.

Il n'a rien ajouté, tout entier accaparé par la cathédrale qu'il n'allait plus pouvoir contempler très longtemps sous cet angle.

– Pour l'instant on s'amuse… On choisit nos moments. C'est gai.

Elle a glissé sa main sur son manteau, se demandant s'il avait froid ; elle, en tout cas, sentait maintenant avec une précision très désagréable la panne de cette chaudière.

– On ne fait que ce qu'on a envie de faire. Si j'habite chez toi, on se verra tout le temps, même quand on n'a pas envie de se voir. Tu risques de ne pas me supporter longtemps.

Elle a continué à caresser les poils de son manteau, il ne devait rien sentir du tout à travers toute cette épaisseur, où pouvait-il aller sinon chez elle ? Il ne connaissait plus personne.

Il a admis, vaincu alors qu'elle n'avait encore rien dit :

– En fait, j'ai tout le temps envie de te voir.

Et puis il a repris le verre qu'il a vidé d'un coup, ensuite il s'est secoué de bas en haut.

– Ne me regarde pas comme ça, s'il te plaît.

– Je ne te regarde pas comme ça.

Janet n'avait jamais conduit de camionnette et n'aurait jamais parié sur le plaisir que ce bref déménagement lui procurerait. Ça roulait mal mais c'était gai, la méridienne brinquebalait là-derrière, maladroitement arrimée sur la table. Il n'avait pas fallu trois heures pour empaqueter toutes ses affaires. Les quelques meubles sans intérêt, le lit et les deux chaises, le vieux frigo et la gazinière à trois becs seraient emportés avec l'immeuble dans sa démolition, tout ça avait quelque chose de pratique. Pierre venait d'ouvrir la fenêtre de son côté, le froid vif envahissait aussitôt tout l'habitacle, il a jeté dehors son Kleenex. Janet l'a regardé, frappée.

- Qu'est-ce que tu fais ?

C'était sorti tout seul. L'air du temps et tout le stress qui habitait la planète fondaient sur lui comme un renard sur une poule.

- Excuse-moi, ça m'a échappé, je...

Pierre a agité les mains comme si elles étaient indépendantes de lui, déjà dans la peau de l'invité inadéquat.

– Désolée. Elle s'est mise à rire en lâchant presque son volant. On ne voit plus jamais les gens faire ça.

Dans sa cuisine il y avait quatre poubelles, elle n'avait pas songé à cet aspect-là des choses assez sérieusement. Ils étaient arrivés au rond-point, une rue encore et un feu rouge, et puis son avenue dont les arbres occupaient la majeure partie des places de parking, elle préférait ne pas penser à la manière dont elle allait garer la camionnette.

L'appartement avait de belles proportions, trois chambres, un grand salon carré garni de bibliothèques, une cuisine large toute en bois et pierre bleue, au bout de laquelle une terrasse donnait sur les jardins du pâté d'immeubles. Pas de cathédrale sous les yeux mais des parquets blonds qui luisaient, des meubles en bois patiné qui luisaient presque autant, une cheminée majestueuse et un grand tapis aux tons vieux rose, noirs et jaune pâle, qu'elle avait ramené de Turquie vingt ans plus tôt et trouvait toujours somptueux vingt ans plus tard.

Pierre était venu plusieurs fois chez elle, mais toujours l'air d'être invité. Le seul élément avec lequel il avait semblé se sentir à l'aise, c'était le feu ouvert sous le manteau de cheminée en pierre de France, qu'il regardait maintenant avec une réelle sympathie.

– D'où vient ton bois ? C'est du hêtre ?

Ah ah. Elle a compris aussitôt que les choses allaient devenir précises.

- Je ne sais pas. Je l'achète à un type qui s'appelle Jean-Marie. Je paie 89 euros le stère.
- Ah Jean-Marie.

Pierre a esquissé un sourire, un demi-sourire même pas ironique, comme si Jean-Marie était le pilier sur lequel il allait désormais s'appuyer.

Et puis ils sont restés sur le seuil du salon un moment, à la fois proches et lointains, tandis que le voisin du deuxième et son fils montaient la méridienne jusqu'à eux, et puis portaient la table qu'ils déposaient dans la cuisine, qui en contenait déjà une mais plus petite et plus moche.

- Tu veux que je descende l'autre à la cave ?
- Oh Nicolas, tu ferais ça ?
- Je ferais ça.

En empoignant la table, Nicolas a fait un petit signe genre je suis là pour toi. Pas de cathédrale, peut-être, mais des voisins simples et sympas. Elle a pris le bras de Pierre dans un geste qui lui a fait se souvenir de la manière dont elle tenait sa mère.

- Viens voir la chambre. J'ai vidé les tiroirs d'une commode, tu pourras déposer tes affaires.

Il n'avait jamais dormi chez elle, elle n'avait jamais voulu qu'il reste une nuit entière.

La fenêtre était entrouverte sur la nuit froide et sans lune, et Janet se demandait comment elle allait faire pour remplacer ses cris habituels par des râles un peu discrets et civilisés ; Pierre la caressait avec deux doigts mouillés et gourmands, elle n'allait jamais s'en sortir, sa queue raide contre sa hanche décuplait déjà le plaisir qui allait arriver à un moment ou à un autre et elle n'avait pas la moindre envie que son voisin simple et sympa l'entende.

- Je t'aime...

Murmurer des évidences atténuait l'excitation, replaçait l'émotion à la bonne place mais ça n'avait qu'un temps, deux minutes tout au plus. Il a pétri son sexe doucement, bon d'accord, elle n'allait plus pouvoir faire grand-chose, elle s'est collée contre lui en écartant les jambes, tant pis pour Nicolas. Pierre l'a pénétrée tout en la caressant de ses deux doigts humides et elle a réussi à simplement gémir sans faire de vagues, c'était long et presque douloureux tellement c'était bon.

La chambre était glacée quand elle est sortie du lit avant la sonnerie du réveil, il était cinq heures vingt-cinq, le contour des meubles se dessinait à peine, le secrétaire de sa mère en bois marqueté, la commode dont elle avait vidé les tiroirs qu'il n'avait pas encore remplis, la bibliothèque basse au pied du lit. Pierre dormait profondément, lui tournant le dos, les bras glissés sous l'oreiller, la respiration lente et silencieuse. Elle était contente de ne pas se réveiller avec lui, d'avoir à le quitter avant de le retrouver le soir, mollo mollo ; la nuit avait été courte et elle allait avoir la tête à l'envers toute la journée, il fallait qu'elle se ramasse un peu. Elle est sortie de la chambre sans bruit, celle de Billy était ouverte et vide, la lumière de la salle de bains trop crue, inhospitalière, flippante, quinze minutes d'eau chaude n'ont pas suffi à lui remettre la tête à l'endroit.

Les huit premiers jours ont pourtant été parfaits. Joyeux. Pierre avait l'air d'un type sauvé de justesse. Lorsqu'elle était rentrée le premier soir, il semblait si heureux de la voir qu'elle avait eu pour la toute première fois l'impression d'être exactement à la place qu'elle voulait. Évidemment il en faisait un peu trop, désormais redevable ad vitam. Mais il avait pris les choses en main à sa manière, repéré les magasins du quartier et déjà sympathisé avec Carla, la belle Sicilienne aux longs cheveux gris qui n'avait peur de rien pour fixer le prix de ses fromages ; ce n'était pas encore top mais il ressemblait déjà moins à un invité et il s'occupait des repas. Mauvais cuisinier mais une telle envie de se vouloir meilleur qu'il n'y avait rien à dire, et puis il choisissait bien les vins, choix souvent plus réussi que le repas lui-même.

Il démarrait ensuite le feu avec une précision de vieux scout, et dès que Janet avait rapatrié les deux assiettes vers la cuisine, ils s'installaient côte à côte dans les fauteuils crapaud en velours gris pâle, un pétard dans la main d'un des deux, les yeux rivés sur les bûches qui nécessitaient une surveillance soutenue pendant les premiers moments. Ça crépitait, ça brûlait, des braises incandescentes jaillissaient de l'âtre en petits jets que l'un des deux repoussait du pied pour éviter de marquer le plancher. Ils pariaient sur la première bûche dont le milieu se consumerait et qui se briserait en deux, et ils fumaient en regardant avec une sorte d'avidité le feu dévorer le bois.

Tout ça c'était sympathique une semaine. Mais au bout de deux ans, trois ans ou dix ? Janet attribuait au cannabis l'angoisse qui soudain l'étreignait, elle sentait ses orteils s'agiter sur le plancher lisse, observait Pierre d'un œil mesuré, pour évaluer dans quelle ambiance il baignait de son côté. Difficile à dire, impossible à dire même, avec son regard rivé sur les bûches et son menton rentré dans sa chemise.

Il était là depuis vingt-trois jours, Dieu sait pourquoi elle les comptait. Au bout de la première semaine, elle avait compris que ça n'allait pas aller sans mal, ça allait même être plus compliqué que prévu. Il était là, il était là en permanence. Elle le trouvait presque chaque fois endormi quand elle rentrait de l'hôpital, sur la méridienne ou sur le lit, parfois sur un des deux petits fauteuils de velours, en caleçon ou tout habillé, même avec les chaussures. Et puis la nuit, quand il aurait pu considérer naturel et légitime de dormir, elle le retrouvait dans la petite chambre qui servait de bureau où elle n'allait presque jamais, assis sur la chaise en bois à roulettes, penché sur son écran, un casque sur les oreilles, totalement absorbé par les images de clips vidéo. Purcell, Booba, Céline Dion, Led Zeppelin, vaste mélange, il ratissait large, et ça semblait sans fin. Ça semblait ? Ça l'était. Elle ne s'était jamais posé la question de savoir ce qu'il faisait de ses nuits quand elle n'était pas avec lui. Il était tellement penché sur l'écran qu'il avait l'air de dormir, mais non. Son index cliquait sur la souris à l'instant exact où le morceau commençait. Et Janet quand elle le retrouvait affalé là, sentait que le jour où elle verrait apparaître Michel Polnareff dans son pantalon blanc, elle saurait à quoi s'en tenir.

Un soir, elle l'a retrouvé dans la même position que celle qu'il avait le matin quand elle l'avait quitté : endormi étendu sur le côté dans les draps chiffonnés. Les miettes sur le lit et le caleçon qu'il avait enfilé témoignaient seuls d'une existence en dehors de ces draps. Et quand il s'est aperçu dans les brumes apparemment épaisses du sommeil qu'elle était déjà de retour, il s'est redressé l'air ahuri sans même sembler se souvenir de l'endroit où il était. Il a oscillé sur ses pieds comme un gamin puni, c'était affreux. Il n'était plus rien d'autre que ce pauvre gamin trop grand, trop gros, sans noblesse, sans présence. Elle a eu envie qu'il s'en aille. Et puis il a repris un peu du poil de la bête, elle aussi. Cérémonieux, croyant masquer sa gêne, il a bredouillé *Il me semblait bien que nous allions être amenés à nous revoir...* idiot dans son caleçon, et il s'est mis à rire, avec des petits sursauts de satisfaction. Sauvés de justesse.

Et puis deux nuits plus tard, elle s'est réveillée avec la sensation suffocante d'être prise dans un coffre en métal trop étroit, les draps semblaient mouillés et tout était serré, serré. Pierre dormait comme un bienheureux à côté d'elle, ses fesses larges tournées vers elle, il occupait les deux tiers du lit, qu'est-ce qu'il faisait là, qui était ce type.

Son peignoir de coton était glacé à cause de la fenêtre ouverte, elle l'a enfilé en frissonnant de la tête aux pieds.

Elle s'est mise à arpenter l'appartement, tendue dans son peignoir, les yeux rivés sur l'immeuble d'en face au-delà des jardins, au sommet duquel, dans la cabine d'entretien construite sur le toit, une ampoule brûlait depuis au moins une semaine. Sans doute des ouvriers étaient-ils venus travailler sur le toit, elle ne les avait pas vus, mais des changements semblaient être survenus sur les corniches, plus claires et plus larges. Cette ampoule l'accablait, lumière froide sur les murs vides de la cabine. Pour personne. Le seul message qu'elle avait reçu de Billy depuis la déprimante conversation de l'appartement aux pivoines ne disait rien du tout, elle ne savait même pas s'il était toujours à Caracas ou s'il avait déguerpi, et chaque fois qu'elle pensait à lui sa peur grimpait de façon irraisonnée, elle lui en voulait d'être aussi pâle et malhabile, quelle heure était-il là-bas, où était ce gamin ; Billy lui manquait plus qu'elle n'aurait jamais osé le dire. Elle tournait en rond dans son appartement mort, avec cette nostalgie inepte qui la faisait presque haleter, serrant son peignoir contre elle comme si ça pouvait aider.

Il était trois heures et demie. Outre cette ampoule qui brûlait pour rien, la nuit était biaisée par les lumières du boulevard, à l'arrière de l'appartement.

– Qu'est-ce que tu fais, Janet ?

La voix ensommeillée de Pierre a résonné jusqu'à elle, un peu impatiente, ou peut-être se faisait-elle des idées.

– J'arrive.

Elle est revenue dans la chambre, a pendu le peignoir à la patère fixée sur la porte, Pierre s'était tourné vers elle, les yeux à demi fermés. Le froid entre le peignoir et le lit l'a fait se glisser à toute vitesse sous la couette épaisse remplie de chaleur.

– Quelle heure est-il ?

Le réveil posé du côté de Pierre et qu'il ne voyait pas indiquait trois heures trente-quatre. Il l'a enveloppée de son bras gauche, elle avait le sein droit un peu compressé.

– Bon anniversaire, ma...

Il n'a pas fini sa phrase, lui a embrassé le dos et les épaules, on était le 28 janvier, elle avait cinquante-sept ans aujourd'hui, cette pensée l'a fait sourire dans le noir, contente de l'avoir oublié et de s'en souvenir. C'était bien, les anniversaires. Une journée particulière. Elle a collé son cul contre les jambes serrées de Pierre, toutes chaudes et d'une douceur duveteuse. Le coffre en métal fondait dans la chaleur des draps.

– Merci, Pierre.

Elle a lâché un rire inattendu et Pierre s'est mis à rire aussi, soulagé de voir qu'il n'y avait pas péril en la demeure, tout continuait de rouler, tout allait bien se passer, leur rire a gagné en ampleur. Il est devenu si sonore qu'elle n'a pas pu s'empêcher de repenser au voisin qui allait finir peut-être par se demander s'il avait eu raison de monter cette table et cette méridienne inconfortable.

Oh les vagues ! Elles frappaient la balustrade en béton ajourée qui longeait la digue, venaient s'écraser sur la route et glissaient sur toute sa largeur dans un bruit d'eau fracassée. Plusieurs lampadaires éclairaient la nuit. Il n'y avait personne d'autre, dans cette rue de village inondée, que deux types en baskets noires et légères qui jouaient au plus malin, et quand la vague suivante les a noyés jusqu'aux genoux, leur arrachant des hurlements comme si c'était une surprise, Janet sur le balcon s'est mise à rire si fort qu'ils ont levé la tête vers elle.

– C'est bon, ça va, on s'est fait avoir...

C'était le dernier jour des grandes marées, le village se barricadait derrière des panneaux de bois qui ne pouvaient pas grand-chose contre la mer devenue trop proche depuis quelques années. Ils étaient arrivés samedi et depuis ça n'avait pas arrêté, les eaux enflaient et mettaient à mal la balustrade en béton qui à marée basse apparaissait rongée et bancale. Malgré le froid et le vent qui les fouettait, ils passaient le plus clair de leur temps sur le balcon.

Les deux types trempés étaient repartis vers la droite, le haut du village, et Pierre est retourné dans l'appartement comme un ours serait entré à l'intérieur d'une tente en nylon, inadapté au décor composé exclusivement de meubles IKEA accablants. Le sommet, peut-être, de cette fadeur universelle, c'était la toile tendue entre les deux fenêtres qui donnaient sur la mer, sorte de calicot industriel pétri d'injonctions spontanées. *Dans cette maison on s'aime. On s'amuse. On fait des erreurs, on recommence. On croit en soi. On se pardonne. On se donne une autre chance. On rêve. On est honnêtes. On est unis. On rit.* Pitié. Cet amas de conneries dans des polices de caractères joyeuses et effrontées pour donner encore plus de peps à ces sommations du monde moderne. Qui donc pouvait avoir l'intention de s'y plier ?

Ils avaient franchement peu ri depuis qu'ils étaient là.

Janet est restée sur le balcon un moment encore, l'océan ne faiblissait pas, faisait un tapage stupéfiant. La rue était maintenant vide d'humains, personne n'aurait osé s'y risquer. Deux voitures garées le long des façades se retrouvaient sous eau toutes les quelques minutes, et la pluie s'était mise à tomber en oblique. Pierre était assis sur le canapé gris, elle le voyait dans la lumière à travers la porte-fenêtre laissée entrouverte, il semblait relire le contenu du classeur déjà lu plusieurs fois, où sortir, où manger, que faire dans les environs immédiats, pointe du Hoc, Utah Beach, Omaha Beach. Le premier soir ils avaient testé le restaurant La Marée, *vue exceptionnelle sur le port, cadre élégant*, mais la nuit empêchait de voir quoi que ce soit et le cadre avait disparu sous les effluves de désodorisant censés rester confinés aux toilettes. Apparemment ça s'échappait. Mais ce n'était rien, ou en tout cas pas grand-chose comparé à la raideur qui les saisissait, leur incapacité à trouver la vie drôle, leur connivence qui foutait le camp, qui avait même carrément disparu, où ça. Où ça. Où ça ? Tout allait s'arranger, tout allait s'arranger. Mais non. Ça ne s'arrangeait pas du tout. Depuis le jour de son anniversaire, et le rire qui avait pourtant failli tout sauver, le fil était coupé. Janet s'est penchée sur les menus du terroir et de la marée, elle avait envie de dire quelque chose de spirituel mais rien ne venait, pourquoi son esprit n'était-il traversé par aucun trait léger ? Le menu lui barrait la tête. Magnifique, cette idée d'anniversaire. La petite semaine normande pour sortir de ces jours qui commençaient à méchamment se ressembler. Mais rien ne se passait comme il aurait fallu, tout glissait dans la rigole comme la boule qui rate toutes les quilles au bowling. Tout dérapait tout de suite. Des pétards mouillés. Des coquelicots dans le vent. Les conversations manquaient et quand elles avaient lieu elles se noyaient d'elles-mêmes, aucun des deux ne trouvait la répartie, rien ne tenait. Comme s'ils n'avaient jamais rien eu à se dire.

Ils marchaient sur les sentiers boueux des marais du Cotentin avec une distance entre eux d'un bon mètre, sans jamais trouver de raison suffisante pour se rapprocher l'un de l'autre. Où avaient-elles disparu, toutes ces raisons ? La gêne leur était tombée dessus comme une nappe de brouillard dans la campagne anglaise. Et la nuit, ils étaient aussi éloignés que le jour, lui couché en chien de fusil, les yeux tournés vers le mur, elle sur le dos, le plus près possible du bord du lit pour se faire oublier.

À certains moments pourtant, un des deux caressait furtivement l'autre sur la surface qu'il rencontrait par hasard, une main, un morceau de manteau, comme pour signifier que tout était là encore, dans la tête : les souvenirs, l'avenir possible, mais aussitôt l'image semblait fausse. Parfois un faisan passait d'un taillis à l'autre en courant, juste devant eux, la couleur de ses plumes les fouettait une minute et puis tout de suite le frisson s'éteignait, ils n'arrivaient pas à saisir dans ces plumes tout ce qu'elles pouvaient représenter d'accidentel et d'espérance, d'invention et d'éclat. Pierre adressait à Janet des sourires désolés comme s'il regrettait d'être un gros type encombrant et c'est justement ce que ce sourire faisait de lui. Un gros type qui sans elle se serait retrouvé dans un vieux sac de couchage gare Centrale ou sous l'arche du

Sheraton, en compagnie du gars au caddie écossais. Et peut-être était-ce vrai. Elle n'avait pas la moindre idée de la manière dont elle aurait pu réagir, se désoler avec lui ?

La mer ne se calmerait pas ce soir. Janet a refermé la porte-fenêtre en s'arc-boutant contre le vent, Pierre s'est aussitôt redressé, prêt à servir. Au rapport. C'est idiot mais c'est l'impression que ça lui a fait.

- Tu as faim ? Tu veux manger quelque chose ? Tu... je ne sais pas ce qu'il y a dans le frigo, j'ai...

Cette dépendance qui occupait à présent tout l'espace. Cette foutue gratitude. Elle aurait tant préféré qu'il s'allonge sur ce canapé trop petit, et dorme comme il en avait tellement envie ; ça se voyait à cent mètres qu'il n'avait envie que de ça, sa paupière gauche flottait avec le désir de se fermer tout à fait.

- Je n'ai pas faim, Pierre.

Et à la manière dont elle a dit ça, si froide – elle l'a regretté tout de suite mais le mal était fait –, il s'est soudain tendu.

- D'accord.

Il a hésité un instant et puis il a pris son manteau au crochet de la porte qui menait au couloir.

– Je vais faire un tour.
– D'accord.

Il est sorti de l'appartement sans la regarder. C'était sans doute la meilleure idée du jour. Elle est restée indécise un moment, inconfortable, coupable, et puis elle a rouvert la porte-fenêtre, s'est penchée vers la mer qui mugissait là-dessous, toujours aussi phénoménale et écrasante, et elle l'a attendu.

Quelques heures après le rire qui avait failli tout arranger, ils s'étaient réveillés distants d'un bon mètre dans le grand lit dont la couette avait glissé du côté de Janet, laissant Pierre à moitié découvert et Janet enfouie dessous. On était jeudi matin, c'était son anniversaire et le hasard des horaires faisait qu'elle commençait à midi. Il avait fini par traverser le mètre qui les séparait pour se coller contre elle, et tout à coup elle avait senti l'odeur de sa mère. Il avait la même odeur que sa mère. Une odeur de vieux. Âcre, aigre, jaune. D'où venait-elle, cette odeur ? D'où venait ce changement ? Comme si un passage avait eu lieu au cours de la nuit, comme si elle le sentait pour la toute première fois. Ce n'était pas une odeur si terrible, non, mais il y avait comme une impossibilité. Elle était sortie du lit sans fournir la moindre explication, avait entrepris de préparer un petit-déjeuner dont personne ne voulait, fait chauffer de l'eau, pressé un citron, coupé des tranches de pain, sorti le beurre du frigo, ouvert un nouveau pot de miel, sorti des assiettes de l'armoire et deux tasses, laissant Pierre derrière elle, perdu et silencieux, à qui elle n'arrivait pas à expliquer ce qui se passait. Et depuis lors tout coinçait.

Voilà, il était là, face à la mer grondante. Ses chaussures en cuir noir étaient déjà trempées et il n'avait encore rien vu. Janet s'est penchée sur la balustrade, les yeux rivés sur l'écume des vagues éclairée par les lampadaires. Elle aurait pu lui crier d'arrêter ses conneries mais il n'arrêterait de toute façon pas. Et elle n'avait pas envie qu'il arrête, elle voulait assister à la suite. Les vagues montaient, certaines d'entre elles laissaient croire qu'elles envahiraient la rue mais c'était toujours d'autres, presque inattendues, moins déchiffrables, qui déboulaient sur la route déjà pleine de varech qui resterait collé au sol. C'était quoi leur histoire, sinon des moments de choix ? Le très haut de gamme, la fleur du lait, la part des anges ? Une vague venait de surgir, de le prendre par surprise, il a eu un sursaut et reculé de quelques mètres en glissant, il a failli tomber. Puis il s'est redressé et il est reparti vers la mer comme s'il partait à la guerre, lent et décidé, bras serrés le long du corps, conquérant et complètement inepte, il allait de toute façon perdre. Il pensait à Coline, ça ne faisait guère de doute, porte ouverte sur le néant, il pensait à elle férocement et à tout ce qui avait suivi, son dos parlait pour lui. Janet penchée sur la balustrade voyait avec une parfaite clarté ses mains se poser, larges, sur la barrière en béton pour s'y cramponner. Les vagues grondaient, roulaient sur toute la hauteur de ses jambes, trempaient son pantalon, ses chaussures, ses chaussettes, mais il ne bougeait plus d'un pouce, arrimé à sa barrière, théâtral comme il devait l'avoir été avant, quand il avait le vent en poupe, et sans doute peu préoccupé par l'idée que Janet l'observe. Ils n'avaient jamais vécu que le meilleur, c'est peut-être ce qui les rendait maintenant si distants, ils n'arrivaient à rien rattraper, comment fallait-il faire ? Confits dans leur confort au point de ne pas être fichus de s'adapter. Les vagues continuaient de rouler, marée descendante ? Statu quo en tout cas, Pierre semblait maîtriser le flot rien qu'en le regardant. Chaque fois qu'ils sentaient venir la plus légère crispation, ils se repliaient chacun chez soi en attendant que ça passe ; ils n'avaient rien à sauver de durable, pas d'enfants, pas de maison, pas d'argent partagé, et ils n'auraient aucun mal à reprendre la vie d'avant qu'ils maîtrisaient déjà. Le lien était à présent si distendu qu'elle regardait avec une sale curiosité les vagues s'approcher de lui et le lécher à chaque passage, l'avaler en partie à chaque passage, et il faisait si froid tout à coup qu'elle n'avait même plus honte à l'idée que la mort de Coline la soulageait parfois, oh juste une pensée, la protégeait de la mort inattendue de Billy, mais pas un gramme de honte, non, seulement du soulagement, c'était effrayant de penser ça, eh bien voilà elle le pensait. Voilà. Et puis, deux vagues coup sur coup se sont entraidées pour le noyer jusqu'aux épaules. Il a vacillé, et tout de suite repris sa posture immobile, et ces deux vagues ont eu plus d'effet sur elle que sur lui. Il était toujours là, entêté et trempé, dans ce froid de février, comment devait-il se sentir ? La honte qu'elle avait crue absente a soudain déferlé avec la même fureur que les vagues, elle s'est mise à hurler pour le faire revenir, en tapant du poing sur la balustrade du balcon, furieuse contre lui presque autant que sur elle-même ; elle hurlait aussi fort qu'elle pouvait. *Pierre, putain, reviens ! REVIENS ! RENTRE ! Arrête tes conneries ! Arrrrête !!!!!* mais ça ne servait à rien, il ne l'entendait pas.

Elle l'a aidé à enlever son pantalon, les chaussures noires n'étaient plus qu'un souvenir, et il n'en avait pas d'autres. Il gouttait sur le sol, il tremblait de froid, il grelottait, ses cheveux étaient trempés comme s'il avait plongé tout entier dans la mer. Elle se dépêchait autant qu'elle le pouvait, pour le débarrasser de ses vêtements qui devaient être si désagréables à porter, mais ça n'allait pas sans mal. Tout lui résistait, le tissu collait à la peau, il avait du mal à soulever les pieds pour l'aider, à lever les bras pour qu'elle enlève son pull qui semblait peser plusieurs kilos. Peut-être pleurait-il, elle ne distinguait pas les larmes de l'eau de mer mais ses yeux étaient mouillés et sa bouche se tordait comme celle d'un enfant qui a mal, il avait l'air vieux comme jamais. Elle avait pitié de lui, ou elle l'aimait fort, difficile de savoir avec précision ce qu'il en était. Et elle s'énervait encore plus sur ses vêtements récalcitrants. Elle voulait qu'il soit bien. Et si aimer quelqu'un c'était vouloir qu'il soit bien, alors elle l'aimait fort, elle voulait en tout cas qu'il ait chaud.

Il tremblait toujours quand il s'est glissé sous la couette, malgré la douche brûlante qu'il avait prise, malgré l'épais peignoir en éponge qu'elle avait trouvé dans une armoire, rouge foncé et d'une propreté relative, mais qui possédait le charme incontestable d'être le seul élément vraiment réel dans tout cet appartement.

Elle s'est déshabillée à son tour, prestement, sans faire dans le détail, culotte et chaussettes coincées dans le pantalon, elle l'aurait oublié demain en l'enfilant et s'étonnerait des obstacles ; pull et t-shirt dans le même mouvement des bras, et hop, tout par terre ; elle s'est glissée dans le lit contre lui qu'elle avait envie de serrer de très près, de ne plus lâcher, de ne plus abandonner. Il s'est aussitôt collé contre elle autant qu'il le pouvait et des pas au-dessus de leurs têtes ont commencé à faire vibrer le plafond. Au cours de ces quelques jours, ils avaient croisé à deux reprises une famille asiatique emmitouflée, des petites personnes qui semblaient chaque fois toutes les quatre de mauvaise humeur comme s'ils n'avaient jamais demandé à être en vacances, et encore moins avec cette météo-là. C'était probablement les enfants qui s'occupaient comme ils le pouvaient là-haut, ils n'avaient pas de terrasse et quand bien même. Mais ni Janet ni Pierre n'ont réagi à ce plafond qui tremblait et qui les aurait fait rire au temps où tout était simple, trop occupés à guetter les signes qui les rassureraient, inquiets au point peut-être de tout faire foirer. Mais les palpitations étaient bel et bien là, oh oui, oui, oui, oui, la peau de Pierre ne sentait plus la mort, elle se réchauffait, vibrait d'excitation et celle de Janet aussi, l'émotion les rendait tout humides, tout se répondait, tout était là. Les tremblements, les secousses qui n'avaient plus rien de commun avec la détresse de Pierre quand il était rentré malade de froid et anéanti, complètement liquide.

Les courses des gamins là au-dessus ne les intéressaient pas, ils ne pensaient vraiment à rien d'autre qu'à eux-mêmes. Ils retrouvaient l'état amoureux à présent gazeux et vibrionnant, et pour autant qu'ils pouvaient en juger dans la chaleur de leur couette et dans le plaisir qui s'installait, ça semblait tenir, ça tenait.

Le lendemain, ça tenait encore. La tempête s'était dissipée, la lumière qui passait au-dessus des toits et baignait la chambre à travers le maigre rideau en coton gris rendait tout plus fragile, mais ça tenait. Ils s'étaient réveillés l'un contre l'autre, c'était plutôt bon signe et Janet avait senti Pierre détendu et paisible, même pas fiévreux après cette rencontre brutale avec la mer, capable de reprendre le fil qu'il serrait entre ses doigts depuis que Coline était morte.

En caressant le ventre de Janet, mou et chaud, il a dit d'une voix tout de même un peu éraillée, mais d'un ton qui ne semblait pas plus ennuyé que ça, *Je n'ai plus de chaussures.*

Son jean était à peu près sec, il a enfilé une paire de chaussettes propres et puis, vêtu de son large manteau, il a suivi Janet dans le petit couloir qui menait à l'escalier du dehors. Le soleil n'avait pas encore assez chauffé, l'escalier était luisant de la pluie de la veille, et des petites flaques stagnaient encore par-ci par-là. Pierre s'est assis sur le muret de pierre qui bordait les marches, a entrepris d'enlever ses chaussettes.

– Tu ne veux vraiment pas que j'aille chercher la voiture ?

Elle était garée à quatre cents mètres dans le parking gratuit du bout du bourg et Janet l'avait déjà proposé, mais évidemment, pour les escaliers c'était un peu plus compliqué.

– Non, Janet, ce n'est pas la peine.

Le village était petit et les commerces devenus rares – deux boulangeries, un coiffeur, une maison de la presse et une poste, le Carrefour à six kilomètres avait aspiré tout le reste – mais un magasin de chaussures avait survécu à l'exode. Chaque fois qu'ils revenaient du parking, ils passaient devant cette boutique sombre où les articles exposés dans l'étroite vitrine lambrissée rappelaient les années cinquante dans une ville de province. Rien que des chaussures de vieux, plates et beiges, épaisses et percées de petits trous inutiles.

Pierre a descendu l'escalier derrière Janet, ses chaussettes à la main. Ses pieds semblaient trouver plaisir à entrer en contact avec la froideur humide du béton. Arrivé sur le trottoir, il n'a pas eu une seconde d'hésitation, il a traversé la rue d'un pas si assuré qu'il n'essayait même plus d'éviter les flaques.

Le magasin était fermé le vendredi, c'était indiqué sur un petit panneau de carton collé de travers sur la vitre, d'une écriture soignée mais pas très sûre. Le vendredi. Bon, pourquoi pas.

- La voiture va peut-être devenir utile.

Pierre a eu un rire allègre en se rasseyant cette fois sur le rebord de la devanture, assez large pour l'accueillir. La connivence revenue rendait tout drôlement moins compliqué.

- Je vais la chercher, tu m'attends ?
- Je ne bouge pas, je ne bouge pas, promis.

Il a posé ses pieds larges et nus l'un sur l'autre, s'est adossé à la vitre et a embrassé la main de Janet.

- Je t'attends.

Une heure plus tard, ils sortaient du Carrefour avec au bas du pantalon de Pierre une paire de baskets blanches et surélevées comme les SUV de dealers, qu'il regardait à chaque pas, surpris d'en découvrir les effets, d'avoir des ressorts en guise de pieds.

- C'est étonnant, ces godasses. J'ai l'impression d'être un hovercraft.

La matinée elle-même semblait montée sur coussins d'air, rien n'achoppait, tout glissait sans mal. Le parking rutilait sous le soleil, les voitures scintillaient, la lumière dans les flaques en faisait des miroirs lisses, tout brillait, tout était souple.

Et ça tenait toujours quand ils sont arrivés chez Janet à la nuit tombée, au bout d'une route pas très marrante pourtant, qui s'était chargée de pluie après cent kilomètres. L'appartement n'avait pas été chauffé pendant toute une semaine, l'atmosphère crue rappelait celle du nid glacé que Pierre avait dû se résoudre à fuir. Il a posé dans l'entrée la petite valise qui leur avait suffi à tous deux, s'est agenouillé devant l'âtre avec son manteau sur le dos. Et des flammes ont jailli presque aussitôt, bondissantes, prêtes à aider.

Ce soir-là, après avoir vidé la valise, trié le linge propre et sale comme Janet avait toujours besoin de le faire d'où qu'elle revienne, ils ont inauguré la longue et fine pipe en bois que Pierre avait exhumée d'une petite trousse qui semblait suffire à contenir la totalité des objets dont il aurait du mal à se séparer. La pluie continuait de battre les vitres, il avait enlevé ses baskets et agitait doucement ses orteils face au feu, en caressant la cuisse de Janet assise à côté de lui, une caresse un peu distraite, d'une régularité métronomique, comme il aurait caressé un chat.

Et quand Janet a reçu un message émanant d'un numéro inconnu à plein de chiffres, quelques instants plus tard, alors que le feu brûlait joliment et que la maison retrouvait ses bons côtés, il est devenu manifeste que cette ambiance légère était plus qu'un nuage éphémère et soyeux, le vent avait tourné. *Je suis arrivé à Bogota. Avec un pote suisse. Tout va bien. Mail suivra, t'embrasse.*

Un pote suisse. Que demandait le peuple ? Qu'y avait-il de mieux sur le marché ? Qu'y avait-il de plus réconfortant sur terre ? Un pote suisse ! Un SUISSE ! Niveau de sécurité maximum, plus rien à redouter, Billy avait été exfiltré par un Suisse, il était à Bogota. Janet a lâché un rire frais, éclatant. Le toucher lisse de cette jolie pipe en bois, le feu qui leur caressait les pieds, elle se souviendrait de tout, c'était un moment de joie pure.

– Billy est à Bogota. Comme tout le monde.

– Ah c'est bien.

Pierre a agité les orteils un peu plus rapidement, hop hop. Puis il a hoché la tête un long moment, se balançant un peu d'avant en arrière, circonspect, mais il s'est juste contenté de remarquer :

– C'est bien parfois d'être comme tout le monde.

Avant Margarita, Billy cuisinait parfois en compagnie de Janet et préparait avec une minutie presque précieuse les entrées et les desserts, les zakouskis, tout ce qui nécessitait de la méthode et du sérieux, de la patience, du doigté. Rien qui débordait, rien qui dépassait du foie gras, des œufs de lompe, du saumon fumé et de la crème aigre, chaque petit toast tout pareil à son voisin, tous parfaitement disposés sur le grand plat blanc décoré d'une guirlande dorée de glands et de feuilles de chêne, égale distance entre chaque toast. Il aimait l'ordre et le silence, les trucs rangés, alignés, les lignes parfaitement droites, et c'était pour Janet le meilleur colocataire du monde. Immuable et prévisible comme un tissu à motif pied-de-poule.

Pierre, c'était un autre genre. Il avait mélangé avec une attention soutenue les œufs durs, la mayonnaise et le saumon froid cuit l'avant-veille – une bête petite recette qu'il avait proposée sans avoir trop l'air d'y croire mais c'était sa contribution à la fête –

et il s'occupait maintenant de remplir de longues feuilles de chicon avec la mixture ainsi faite. Il était penché sur son œuvre en construction comme il se serait penché sur un bébé nécessitant des soins.

– Il faudrait des crevettes.

– On n'a pas de crevettes.

– Des crevettes grises. Ça ne ressemble à rien, c'est tout pâle.

Elle a répété *On n'a pas de crevettes*, tout en découpant des bâtonnets de carottes, rapide, debout à côté de lui. Il y en avait au moins un kilo, qu'elle jetait dans un grand plat en céramique jaune. Il était dix-neuf heures trente-cinq, elle avait dit entre dix-neuf heures trente et vingt heures. Ceux qui avaient prévu que le parking serait compliqué allaient sonner dans cinq minutes et elle avait l'impression que rien n'était fait. Pierre s'escrimait à mettre la même quantité de mélange dans chaque feuille de chicon – et ça n'allait pas sans mal – en disposant chacune d'elles sur le grand plat à glands et feuilles de chêne. Il était tendu comme un javelot, mais contre toute attente ça finissait par donner quelque chose. Janet observait le plat à la dérobée, voyait les feuilles de chicon se déployer comme une marguerite dont il n'y avait plus que le cœur à remplir, ça devenait carrément joli et régulier. La sonnette a retenti, elle a laissé son plat jaune sur le plan de travail et elle est allée ouvrir.

La musique allait sans doute trop fort mais le voisin simple et sympa faisait partie des invités, ça limitait la casse, il ne pourrait pas dire que sa voisine était partie en vrille. Il était d'ailleurs occupé à se balancer avec un verre de vin vide en main, pas sûr qu'il dansait à vrai dire, il avait l'air franchement bourré.

Il y avait vingt-deux personnes dans cet appartement, Janet n'avait pas le souvenir d'avoir un jour invité autant de gens, qu'est-ce ce qui lui avait pris. Dans l'encoignure près de la bibliothèque, ses collègues de travail ne se mêlaient à personne. Elle avait un peu compté sur Axel – son ami avant d'être son collègue – pour réunir les mondes, il avait toujours prétendu n'avoir peur de rien ni de personne, mais ce soir il préférait visiblement se reposer sur les fondamentaux et les ragots de l'hôpital. Janet avait toujours trouvé compliqué de mélanger les genres, et la présence de Pierre rendait les choses encore plus filandreuses. Elle le cherchait tout le temps et surveillait son dos. Il semblait pourtant ce soir avoir renoncé à se débarrasser des gens. Elle le voyait sourire largement, hocher souvent la tête, boire à grandes lampées et écouter plus qu'il ne parlait. Il était dans la cuisine à présent, à cause de la musique, avec Nora qu'il écoutait comme un pasteur. Elle avait vu chacun de ses films et il avait réussi à l'éviter ces quatre dernières années malgré les tentatives de Janet pour provoquer une rencontre. Mais là ça allait, en tout cas ça semblait aller, il était question d'un long article que Nora avait écrit sur la maltraitance dans les maisons de retraite de la ville et pour le coup il avait l'air vraiment intéressé.

– On peut espérer que ce sera la prochaine révolution. Après les femmes, il reste les vieux.

Son sourire chargé d'ironie s'est adouci en voyant Janet approcher. Il lui a caressé le dos gentiment ; ce soir il n'y avait pas d'avenir pourri, pas de présent instable. À part ses baskets qui tranchaient avec le reste et n'arrivaient jamais à se faire oublier même un peu, tout était raccord dans cette jolie cuisine pour l'instant fort encombrée, soit, mais ouverte sur la terrasse, la nuit et les jardins. Subtil l'équilibre, mais bien réel. Il sentait Janet toute douce sous sa robe bleu canard, Janet qui avait voulu organiser cette fête pour le présenter une fois pour toutes à ses amis puisqu'il allait rester un peu. Celui qu'elle accueillait chez elle était évidemment le cinéaste doué au destin malheureux, dont tous ces quinquagénaires se souvenaient d'une parcelle au moins de sa filmographie ; pas un pauvre type qui n'avait nulle part où aller.

Le matin tout était rangé. Pierre s'était levé avant elle sans même lui avoir fait bouger un cil, elle n'avait rien entendu du tout et l'appartement était nickel, prêt pour la vente si l'idée lui passait par la tête. Il n'avait même pas l'air fatigué quand elle l'a trouvé dans la cuisine qui sentait le Cif et le citron synthétique. Il avait lavé le sol et la raclette séchait contre le mur.

– Je crois que je suis l'homme de la situation.

Et d'un seul coup tout son corps a été secoué d'un gros rire, comme s'il était aussi effaré qu'amusé à l'idée de cette éventualité, de cette affirmation totalement déraisonnable. Sérieux, pas sérieux ? content ? heureux comme un homme qui aurait gravi un échelon dans la civilisation ? Impossible de deviner si ce rire était joyeux ou douloureux. Une chance sur deux qu'il soit joyeux, O.K., tablons là-dessus, la matinée commençait bien, oui, et Janet lui a frotté le dos avec entrain. Il y avait quelque chose de léger dans l'air, le produit de nettoyage ou quelque chose de plus subtil, difficile de savoir.

Les deux semaines qui ont suivi ont ressemblé à cette matinée-là. Ça sentait le propre. Le prestige partiellement restauré de Pierre par la fête, même s'il avait passé les cinq dernières années de sa vie à vouloir s'en défaire, lui redonnait une énergie oubliée. Il semblait avoir intégré l'appartement au point qu'on aurait maintenant pu croire que c'était le sien, remettait les choses en place sitôt qu'elles étaient un peu dérangées, et Janet ne le retrouvait plus en plein milieu de la nuit les yeux collés sur YouTube. Non, il avait repris des rythmes presque ordinaires, et à le voir on aurait pu penser que c'était incroyablement facile de s'adapter. Il ôtait ses baskets et les glissait sous le meuble du hall, alignées juste comme il faut. Il était vraiment devenu l'homme de la situation, mais y croyait-il ? Presque sûr qu'il mimait. Tout sonnait un peu faux. Cependant, les jours s'écoulaient sans désagrément, on n'était pas loin du motif pied-de-poule. Quoique, s'il faisait semblant, ce n'en était qu'une pâle copie.

Et puis, un jour, il est revenu du Roi du cigare – une boutique d'un autre âge qui se trouvait deux rues plus loin – avec un paquet de cure-pipes qu'il a posé sur la cheminée, aussi fier que s'il revenait d'un centre de ravitaillement. Il avait l'air totalement rechargé.

– Ce magasin est formidable... Tu rentres là, il y a trois clients et un nuage de fumée, on n'y voit rien à cinq mètres. C'est une bulle qui échappe à la loi.

On aurait dit qu'il rentrait de permission. Il n'était évidemment pas sérieux quand il s'intéressait aux poubelles, à l'évier nettoyé après la vaisselle, à la position des fauteuils et à celle du tapis. Mais l'énergie qu'il mettait à garder le niveau permettait de faire glisser le temps sans trop d'encombre, c'était moins pire qu'avant la Normandie.

Le mail de Billy avait suivi comme promis, suivi lui-même de deux ou trois autres, dans lesquels le Suisse était toujours présent, peut-être même là pour de bon. Ils avaient aidé un type en plein milieu de la nuit à hisser une tortue géante sur son vélomoteur, et Billy ne semblait pas en revenir. Qui donc pouvait imaginer un jour hisser une tortue sur un vélomoteur ? Il avait l'air d'être au seuil de son existence.

– Oh là qu'est-ce que je fous...

Pierre a remis dans la casserole une louche de pâtes – Janet ne s'était pas encore servie – laissant au passage des traînées de sauce beige sur la table et sur le bord de la casserole. *Et merde.* Il a tendu la louche vide à Janet.

– Tu préfères te servir toi-même.

Elle a eu un mouvement de l'épaule qui ne voulait dire ni oui ni non. La cuisine baignait dans un gris pas très affriolant, on était samedi et Janet se demandait ce qu'elle allait lui proposer de faire cet après-midi. Depuis quelques jours, il était rattrapé par ses envies de se soustraire et elle avait trop peur qu'il tourne en rond dans l'appartement sans oser s'endormir. Il tenait toujours la louche qui reposait dans la casserole et regardait Janet par en dessous.

– Je t'emmerde, hein, Janet ?

Comment le savait-il ? Par où cela transpirait-il ? Oui, peut-être observait-elle cette louche d'un œil un peu atone. Il la regardait sans frémir, il n'avait même pas l'air effrayé à l'idée qu'elle dise oui, non, il semblait prêt, il avait traversé une couche. Mais c'était trop risqué, ou trop tôt, ou trop fugace cette envie qu'il soit différent ou simplement pas là, alors elle a dit, faussement étonnée :

– Pourquoi tu dis ça ?

Où tu vas chercher ça ? Lisse. Irritante. Elle a pris la louche qu'il lui tendait toujours, en le considérant avec cet air de ne pas comprendre ce qu'il lui passait par la tête ; elle s'est servie, le tout avait un peu séché dans la casserole, les *spirelli* trop cuits formaient un agglomérat moyennement appétissant, cette couleur beige n'avait rien d'engageant.

C'était difficile, oui. Une sorte d'état de fait, de tunnel sans fin, d'histoire sans espoir. Ils avaient même du mal à actionner le petit ressort nécessaire pour aller en ville comme avant, se glisser dans une salle de cinéma et partir avant la fin s'ils en avaient envie, s'asseoir à la table en coin à La Roue d'or, la 10. La sole meunière y était fantastique, la meilleure de la ville, 29 euros et une sorte de perfection dans l'assiette, mais non, ils n'y avaient plus mis les pieds depuis des semaines. Ils craignaient peut-être de s'ennuyer encore plus dans ces endroits qu'ils avaient arpentés dans tous les sens pendant quatre ans avec un sentiment de liberté inversement proportionnel à l'exiguïté du centre-ville, et ils restaient là, dans leurs fauteuils crapaud à répéter les mêmes moments encore et encore – le feu, les pieds nus, la longue pipe –, qui commençaient furieusement à se vider de leur substance, à se transformer en enveloppe vide.

Cette fin d'hiver ne ressemblait à rien, il faisait chaud et puis il faisait froid, et puis il faisait de nouveau chaud et une pluie molle tombait, et puis tout à coup il faisait -5° le matin quand Janet sortait de l'appartement.

Ce jour-là il faisait presque aussi froid quand elle est rentrée le soir que lorsqu'elle était partie avant l'aube. On était le 3 mars et on aurait dit un soir de janvier. Quand elle est arrivée à son étage, elle a senti l'odeur dès le palier, une odeur qui l'a alertée tout de suite sans qu'elle puisse pourtant l'identifier clairement. Du chou trop cuit, de la saucisse fumée, non, évidemment. Quelque chose de plus grave, de la fumée froide, elle a eu du mal à introduire la clé dans la serrure tant elle tremblait.

La couleur grise stagnait comme une brume de montagne dans la pièce dont les contours étaient avalés par l'odeur, mais le lampadaire allumé au bord du canapé éclairait le désastre. L'odeur était sèche et âcre, chaude et froide à la fois, le bord du tapis turc était brûlé sur toute sa largeur et de grands trous noirs parsemaient le premier tiers ; le plancher tout autour de l'âtre était calciné et l'éléphant en cire qui trônait pourtant un bon mètre plus loin avait fondu, formait une flaque bleue inégale et vaguement ronde sur le sol brûlé. Toute la partie droite de la cheminée était noire de suie et le bas de la pierre de France avait souffert, devenue jaune et brune et apparemment irrécupérable. La pièce était vide. Pierre n'était pas là. Janet ne comprenait pas que le feu se soit arrêté tout seul et n'ait pas tout avalé.

Il dormait dans la chambre à coucher dont la porte était fermée, l'odeur n'avait pas traversé la paroi ou à peine, et il n'avait rien senti. Il dormait profondément. Il semblait étranger à ce qui s'était passé dans la pièce d'à côté.

Ensuite, tremblant tout autant qu'elle, il a contemplé l'âtre d'un œil hagard, en caressant sa hanche par-dessus son caleçon.

– La bûche tenait très bien quand je suis allé dormir, elle tenait très bien...

Complètement dépassé, complètement amorti. Si amorti qu'il en paraissait libéré. Voilà c'était fait. Janet avait envie de le pousser par la fenêtre et de l'entendre tomber trois étages plus bas, mais il était là, il aurait pu se laisser asphyxier par la fumée, il était vivant, il était là. Ce n'était qu'un tapis, ce n'était qu'un parquet, comment pouvait-elle ne pas remettre les choses à leur juste place et voir les priorités. Mais bon, elle haletait comme un chien qui aurait parcouru dix kilomètres sans boire, et son état de stress la faisait tourner en boucle dans le salon sinistré.

– Pourquoi tu as laissé ce feu aller, putain, pourquoi tu l'as laissé brûler comme ça...

– Je te l'ai dit, Janet, je ne sais pas, la bûche tenait très bien...

Elle est partie vers la cuisine et en est revenue munie d'un petit grattoir métallique, elle s'est agenouillée et s'est mise à gratter frénétiquement les parties du plancher dont la brûlure ressemblait à du charbon de bois idéal pour barbecue. Il y avait quelque chose de jouissif dans cette agitation, grâce au fait que le bois carbonisé se détachait facilement et qu'on pouvait presque croire que les choses s'arrangeaient. Mais bien entendu ça ne s'arrangeait pas du tout, le parquet était foutu, les petits coups de grattoir rendaient juste le noir un peu plus brillant, le résultat était lamentable.

Pierre était reparti vers la chambre sans attendre la suite, suffisamment prévisible pour qu'il ne soit pas nécessaire de s'y attarder. Il était quoi, dix-neuf heures ? Toute la soirée s'étendait devant elle comme un long drap noir. Elle a tourné encore en rond quelques instants avec son grattoir dans la main, prise d'un sursaut de tristesse chaque fois que son regard croisait le tapis abîmé. Bon. On n'allait pas y passer la nuit. On n'allait pas non plus aller frapper Pierre qui avait dû miraculeusement se rendormir. Elle a fini par attraper sur la méridienne son manteau qui était encore chaud, l'a enfilé en devant s'y reprendre à deux fois, et puis elle a quitté l'appartement en claquant la porte trop fort. Heureusement elle n'avait pas oublié ses clés.

Elle marchait plus vite quand il n'était pas là. Vingt minutes à peine pour atteindre le centre-ville. C'est le temps qu'elle mettait aussi quand elle allait chez lui avant.

La 10 n'était pas libre mais le serveur, un nouveau venu qu'elle ne connaissait pas, l'a installée à la table d'à côté. Elle avait la banquette pour elle, qui lui permettait d'embrasser toute la salle d'un seul regard. Il y avait du monde ce soir, pas mal de touristes, une famille allemande ou autrichienne à côté d'elle, la gamine avait gardé son bonnet sur la tête, un bonnet rouge tricoté main orné d'un pompon, et Janet sentait tout son corps se détendre d'une manière qu'elle n'aurait jamais imaginée possible, pourquoi lui avait-il fallu tant de temps pour revenir ? La salle était grande, jaune foncé, une salle de brasserie classique aux murs couverts de cadres et de miroirs penchés, ceinturée d'une longue banquette en bois, et Damien, le serveur, celui qu'elle connaissait et qu'elle avait vu sortir de la cuisine, se penchait vers Janet avec son sourire qu'elle aimait bien, la main déjà posée sur la deuxième assiette.

– Monsieur n'est pas avec vous ?

– Non, comme vous voyez.

Il a ramassé le couvert en face d'elle.

– Un verre de Saint-Véran quand même ? s'amusant lui-même de ce *quand même* un peu présomptueux.

– Oui, quand même. Elle a ri. Je devrais arriver à le boire, ça ne me demandera pas trop d'effort.

– Je vous apporte ça tout de suite.

Elle avait le sentiment délicieux de n'avoir plus rien d'autre à faire qu'attendre, bercée par la chaleur et la conversation de ses voisins qu'elle ne comprenait pas.

Son ordinateur était allumé et l'odeur semblait s'être déposée dans chaque pièce et sur chaque objet comme une ombre poreuse. Pierre était assis dans le fauteuil à roulettes, penché sur l'écran comme d'habitude, et Janet pleine de sole meunière, de tiramisu et du sourire de Damien, a fait un pas dans la chambre, toujours vêtue de son manteau. Elle était prête à tout, qu'il se démerde. *Je veux que tu t'en ailles. Dégage.*

– Ne me parle pas, s'il te plaît.

Hop. Arrêt. Elle n'avait pourtant encore rien dit. Elle a laissé tomber son sac par terre et s'est adossée au chambranle de la porte. Il ne l'avait toujours pas regardée. Obstiné sur l'écran, sur lequel se déployait une telle agitation qu'elle avait vraiment besoin de ce chambranle pour ne pas chanceler. Queen. *We are the champions.* Le son était à peine audible mais il y avait de l'énergie à ne plus savoir où la mettre, de la fumée blanche qui partait du sol et noyait tous les musiciens. Et le décolleté de Freddie Mercury dégageait tout son torse, laissait voir la masse de poils, sa poitrine étincelante d'humidité ; aussi habité que l'autre, Michel Polnareff dans son pantalon moulant.

Ils sont restés comme ça un moment, lui penché vers l'écran, elle attachée au chambranle, sans rien dire, ce n'était même pas la peine d'essayer. Ils sont arrivés au bout du morceau sans faiblir et puis, pour une fois, Pierre n'a pas cliqué tout de suite sur le suivant, il a fermé YouTube et enfin pris la peine de se tourner vers Janet. Il a dit d'une voix douce, qu'il contrôlait parfaitement :

– J'ai trouvé un endroit. J'ai repris contact avec quelques personnes.

– Quel genre d'endroit ?

Soudain plus rien n'allait. Qu'il se démerde, soit, mais cette annonce subite avait quelque chose de réel qu'elle n'arrivait pas à appréhender. Elle le voyait déjà dormir dans une cabane en tôle rouillée plantée dans un champ au bord d'une autoroute.

– Un espace à La Hulpe. Catherine, mon ancienne assistante. C'est elle qui m'a proposé ça.

– Catherine.

Avait-elle jamais entendu Pierre évoquer Catherine ? Pas de souvenir. Mais elle avait un « espace » à La Hulpe. C'était joli par-là, Janet connaissait bien ce coin.

– Ils sont en train de transformer un ancien magasin, les travaux sont interrompus, je peux l'occuper à partir de demain. Ou jeudi. Demain normalement. Elle propose de passer me prendre pour m'y conduire.

- Demain...

Elle a hoché la tête, il la regardait toujours, il semblait enfin respirer un peu. La Hulpe. Elle aussi, elle a respiré mieux. De toute façon ils n'y arriveraient pas, alors s'ils pouvaient connaître une fin un peu élégante, oh pourquoi pas.

- Il y a des meubles ? Tu n'as besoin de rien ? Reprends ta table, si tu veux, et la méridienne...

- Je vais d'abord aller voir à quoi ça ressemble.

Pierre a ébauché un sourire gêné, les yeux légèrement plissés, braqués sur elle. Il était émouvant, timide et presque heureux.

- Je suis désolé pour le feu, Janet. Profondément désolé.

- Je sais...

Elle s'est enfin débarrassée de son manteau qu'elle est parvenue à lancer sur la méridienne de là où elle était.

- Si tu veux, je peux t'y conduire. Demain après le boulot, si ça t'arrange.

- Oh.

Il a paru surpris, embarrassé, comme s'il ne s'attendait pas une seconde à cette proposition. Presque contrarié. Mais il a souri de nouveau.

- Oh... d'accord. C'est gentil.

C'est gentil. Il s'est mis à rire en la regardant de nouveau fixement, en se balançant un peu dans le fauteuil à roulettes aux bras duquel il était arrimé.

Balancements de gauche à droite, de droite à gauche, il avait des larmes dans les yeux, il la regardait fixement, fixement, avec une intensité qui faisait peur. Le balancement devenait plus puissant, elle ne savait plus comment s'adosser à ce chambranle sans tomber. Pierre s'est mis à hoqueter en se tenant aux bras du fauteuil comme s'ils servaient à quelque chose, hoqueter de rire, non, le rire s'était noyé, s'était noyé dans les larmes, Pierre pleurait carrément, il sanglotait, en se dandinant sur son fauteuil qui glissait tout seul sur le parquet.

C'est elle qui a dormi dans le lit de Billy, après avoir changé les draps pour la première fois depuis qu'il était parti. Elle n'a pas fermé la porte de la chambre, sans savoir si Pierre l'avait remarqué, et s'est glissée sous la couette en laissant le store ouvert sur les immeubles d'en face avec l'ampoule qui brûlait pour personne. Heureusement qu'elle la regardait de temps en temps, il fallait bien que quelqu'un le fasse. Et en même temps elle l'a attendu.

La porte a émis un léger grincement en s'ouvrant, Janet l'attendait depuis un sacré moment tout de même, deux heures ? plus ? Elle a presque eu envie de rire tellement sa venue lui faisait plaisir. L'ampoule qui brûlait pour personne éclairait discrètement son entrée. Il était nu, retenu mais décidé, convaincu de ce qu'il faisait, tout était en parfait équilibre. Ses quelques pas paisibles et tranquilles jusqu'à elle. C'était visible à l'œil nu, réellement tout était stable. Finis la dépendance, les ronds de jambe et les salamalecs, l'iniquité. Il s'est glissé dans le lit sans lui demander son avis, elle vibrait de bas en haut, heureuse comme une gamine qui mesure très exactement ses sujets de réjouissances.

Le lendemain en partant, elle a laissé un petit mot sur la table de la cuisine. *Je serai là à dix-sept heures, je me réjouis de te voir.* Et si dans sa tête c'était clair qu'elle serait là pour le conduire à La Hulpe, elle avait du plaisir à laisser planer le doute. Léger frisottis, douce illusion, la nuit avait été de celles qu'on n'oublie pas aussi longue soit la vie. Euphorique, exaltée, lourde de mélancolie ; tout y avait été rassemblé, tout sans exception, et là elle se demandait comment elle allait marcher normalement jusqu'à l'arrêt de tram, elle avait dormi deux heures tout au plus.

Heureusement, la journée a coulé comme du lait, la fatigue de Janet la rendait molle et amène, prête à tout sans s'énerver, pareille à un sac en plastique échoué sur la plage. Elle se fichait de tout et ça ne semblait poser problème à personne, le service lui-même avait changé depuis quelques jours, tout était ralenti, moins de patients, alors que le reste de l'hôpital vibrait d'une activité montante.

Elle flottait si facilement entre deux eaux qu'elle a été surprise de voir cette journée se terminer.

Et puis, les dix minutes où elle a dormi dans le tram du retour lui ont permis d'envisager la route jusqu'à La Hulpe. Vingt kilomètres à peine mais elle aurait été incapable de les parcourir avant cette sieste, n'aurait pas été fichue de faire démarrer sa voiture, voiture qu'elle n'aurait peut-être même pas reconnue. Cette courte absence avait ranimé son cerveau, elle retrouvait ses marques et tout revenait dans la foulée, son envie de le voir doublée de son envie qu'il s'en aille. La pluie tombait de nouveau, embuait les vitres du tram, rendait la ville uniformément grise et plate. C'en était presque impossible, cette absence de lumière, ce zéro intégral, comment faisaient les gens.

L'odeur était toujours présente même sur le palier, ça prendrait des semaines avant qu'elle disparaisse, mais déjà elle ne produisait plus les mêmes effets. Janet a introduit la clé dans la serrure, s'est glissée dans l'appartement silencieux, Pierre n'était pas là, pas dans le salon en tout cas. Ni dans la chambre ni nulle part. Il lui a fallu quelques instants avant de comprendre que Pierre n'était plus là. Il était parti avec ce qu'il avait apporté en arrivant chez elle, son vieil ordinateur portable ne trônait plus sur le bureau de la chambre, mais il avait abandonné là la méridienne et la table de cuisine, sur laquelle il avait laissé sa clé, posée sur un bête post-it rose. Avec un cœur dessiné dessus en violet. Un cœur. Pitié. Merci mon vieux, on n'allait quand même pas se contenter de ça. Mais si, on allait devoir se contenter de ça. Elle a déposé son sac par terre entre le salon et la cuisine, le tapis était toujours dans le même état, pourquoi aurait-il changé entretemps, et ce petit post-it rose. Ce petit post-it rose. Ce cœur violet, attends je rêve. Comment allait-elle pouvoir le retrouver ? Où était-il parti ? La Hulpe, attends je rêve. Ce cœur violet. Elle ne savait pas quoi faire. Le téléphone de Pierre avait fondu avec les chaussures en cuir noir, elle n'avait pas d'autre moyen pour l'atteindre que les mails si toutefois il avait le wifi là où il était parti.

Évidemment, il ne répondait pas, il n'y avait plus personne. Janet ignorait si les mails qu'elle lui avait envoyés lui étaient parvenus, et s'il les lisait. Il s'était effacé purement et simplement. Il avait disparu.

Et puis tout s'était précipité. Cet épisode incroyable était arrivé, qu'elle avait vu venir avec un détachement un peu téméraire tant ils étaient confinés bien avant tout le monde, elle avait pourtant bénéficié des informations en primeur et vu les tentes montées devant l'hôpital. La vie s'était interrompue, plus rien n'avait bougé, et l'existence de Pierre lui avait semblé encore plus irréelle, les gens lui paraissant comme autant de cailloux qu'on ne retrouverait qu'à condition de savoir où ils étaient posés.

Les tunnels de la ville, déserts. Janet se fichait des limites de vitesse, 90 à l'heure dans le tunnel Montgomery et hop, terminé le tram, vive la voiture qu'elle était pourtant prête à revendre un mois plus tôt. L'hôpital n'était pas encore en surchauffe et on n'avait pas voulu qu'elle intègre les services d'urgence, elle avait cinquante-sept ans. Et quand elle arrivait le matin, elle se calfeutrait dans son bureau sans fenêtre dont personne ne voulait qu'elle sorte mais qui ne pouvait plus accueillir de patients, les douleurs chroniques attendraient. Elle préparait les dossiers et faisait le maximum par téléphone comme tout le monde, avec le sentiment un petit peu désagréable, il fallait bien l'admettre, d'être assise dans le même wagon détaché du reste du convoi que Tintin dans *Le Temple du Soleil*. Bon, est-ce que ça la gênait tant, au fond ? Dès qu'elle avait un instant de libre entre deux communications, elle se perdait dans les arcanes des sites des Affaires étrangères pour faire revenir Billy dont elle n'avait plus de nouvelles depuis que tout ce bordel avait commencé. Où était-il passé, celui-là ? Il lui avait envoyé quelques photos par WhatsApp mais elle avait perdu sa trace depuis les environs de Cali, près de la frontière avec l'Équateur.

Et puis le printemps était arrivé aussi brutalement que tout le reste, incroyablement lumineux et rose. Les cerisiers du Japon faisaient leur cinéma annuel et ils n'y allaient pas avec le dos de la cuiller, plus immodestes que jamais, renversants. Toute cette mousse rose effervescente rendait les rues follement attirantes et vulgaires à la fois, comme l'avènement de la couleur après un long tunnel en noir et blanc.

Chaque matin avant de partir à l'hôpital, Janet marchait au moins deux kilomètres sous les cerisiers en fleurs, tout le quartier en était farci. Les pétales des pompons volaient doucement dans l'air un peu trop tiède pour l'heure si matinale. Elle qui n'avait pourtant jamais beaucoup aimé le côté kitsch de l'existence les trouvait d'une beauté à tomber.

Les rues étaient désertes. Parfois juste un homme, qui attendait que son chien explore les parterres de buis qui longeaient les cerisiers. Sinon, personne nulle part, elle aurait pu danser sur le trottoir, elle avait l'impression d'être enfin parvenue à sortir quand tout le monde avait été obligé de rentrer.

Chez elle, par contre, c'était tout autre chose. L'appartement et son odeur de fête ratée ne l'emballaient plus du tout, ce tapis était d'une tristesse irrationnelle et elle ne savait plus où se poser pour trouver un semblant de contentement. Elle mangeait debout dans la cuisine, et puis zappait, regardait n'importe quoi, les journaux télé en boucle, les débats qui n'en étaient pas, trop calmes, trop graves, où tout le monde semblait d'accord pour marteler les prouesses des héros, ceux qu'on méprisait tant avant et qu'on adorait à présent, et l'égarement des inconscients couchés dans les parcs sous le soleil qui leur avait manqué pendant des mois. Les gentils, les méchants. Pierre était sans doute assez solitaire pour ne pas courir le moindre risque, il était bien le dernier sur cette terre à pouvoir attraper la Covid-19, l'idée était plaisante. Mais ce magasin à La Hulpe, plus les jours passaient, lui faisait l'effet d'une vaste blague – sinon pourquoi se serait-il enfui ? Et s'il lui avait raconté des salades ? S'il se trouvait à présent avec le type au caddie écossais sous l'arche de la gare Centrale ou celle du Sheraton ?

Billy avait fini par l'appeler. Il venait d'arriver à Quito, seul. Le Suisse ne semblait plus faire partie du programme, en tout cas on n'en parlait plus. Et Billy s'apprêtait à prendre un avion pour une des îles Galapagos, il n'avait pas la moindre intention de rentrer et n'avait plus du tout la même voix que quand il était parti. Il avait dégoté un boulot dans une ferme qui fabriquait du fromage. Du fromage. Janet s'était demandé du lait de quelle bête il était fait. Il devait bien y avoir des chèvres sur cette île, pas que des tortues et des iguanes. Le virus n'était sans doute pas encore parvenu jusque-là et quand bien même, il n'était pas question d'en débattre, Billy était heureux et il partirait là-bas, elle n'aurait jamais parié un radis sur cette éventualité.

Quand il avait pris la décision de partir, une semaine à peine après la fuite de Margarita, il avait eu l'air ahuri de quelqu'un qui vient de tomber tout habillé dans l'eau froide. Complètement agité et inefficace, enseveli sous la flotte, mais se donnant des allures de quelqu'un qui connaît la vie et la maîtrise sur le bout des doigts. Il était parvenu à échanger quelques mails avec Margarita depuis qu'elle était partie. Elle ne voulait pas qu'il vienne. Elle l'aimait mais elle ne lui donnerait pas son adresse, elle ne voulait plus le voir, elle avait décidé de rester là-bas. Là-bas à Caracas, présumait-il. Il avait alors réservé son billet sans demander l'avis de personne, ses économies de gamin prudent lui permettant de faire des conneries sans autorisation. Grande idée. Il était resté bloqué sur sa position, agrippé à sa poutre ; s'il la lâchait, il retomberait dans le flot des rapides qui cette fois lui fracasseraient la tête. *Tais-toi, maman, tais-toi, tu n'as rien à me dire.* Il avait une voix stridente, tremblotante. Janet lui balançait cinq tons plus bas les recommandations des Affaires étrangères, les témoignages effarants qu'elle avait glanés çà et là, il s'en tapait, mais alors. Il restait assis dans un des fauteuils crapaud gris pâle, chevilles croisées et mains coincées dans les cuisses, tandis qu'elle arpentait le salon en cherchant une issue. *Je sais ce que je fais, j'ai un contact là-bas, maman. Je me fous de ce que tu me dis !* Avec sa voix aiguë et désagréable.

C'était presque drôle. Elle avait reçu une note dans sa boîte aux lettres, écrite à la main mais non signée par un voisin bienveillant et attentif à sa vie, qui lui disait en substance que sa profession d'infirmière l'exposait trop pour qu'elle puisse désormais descendre les poubelles et faire les courses elle-même. Il fournissait gentiment et gratuitement dans sa petite note quelques sites qui proposaient les livraisons à peu de frais. Il lui demandait aussi en passant de se promener le moins possible, elle n'était pas sans savoir que tous les spécialistes de la question recommandaient vivement de rester chez soi. Il l'avait donc vue sous les cerisiers ? Et il la remerciait pour tout ce qu'elle faisait. La lettre était écrite sur une feuille A4 banale, sans doute devait-elle s'estimer privilégiée, sa collègue Anaïs avait trouvé punaisé sur sa porte un petit mot imprimé qui lui demandait de quitter son immeuble et d'aller se loger ailleurs en attendant la fin de l'épidémie, eux aussi la remerciaient. Vraiment.

À vingt heures, au moment des cris et des applaudissements, quand les couvercles de casserole tapaient contre les châssis de fenêtre, elle se penchait comme les autres et regardait en bas de son immeuble, et en haut, pour tenter de deviner lequel de ses voisins s'occupait si bien d'elle. Difficile à dire. Son immeuble était participatif, pas mal de têtes dépassaient des fenêtres, pas mal de mains applaudissaient, il y en avait autant en face, c'était plutôt sympathique de retrouver chaque soir ces visages souvent avenants qu'elle ne connaissait pas. Elle reconnaissait le dessus du crâne de Nicolas qui dépassait de l'étage du dessous, parfois il tordait le cou pour la regarder et la saluer à distance suffisante, et si c'était lui l'auteur du billet ? Non. Elle l'avait croisé deux fois dans le hall d'entrée cette semaine et il s'était écarté d'elle en esquissant une petite révérence, raide comme un bâton mais avec un sourire qui ne laissait aucun doute sur l'affection qu'il lui portait.

Ce qui l'attristait le plus dans toute cette histoire, c'était de se savoir aussi loin qu'il était possible des deux hommes qu'elle aurait tant aimé toucher. Ils lui manquaient encore plus furieusement quand elle voyait le jeune couple du troisième en face, juste devant elle, à quelques mètres, se coller l'un contre l'autre, accoudés à la fenêtre de la cuisine, comme pour se vanter d'avoir trouvé le bon filon. Elle avec ses cheveux blonds en chignon lâche, lui avec sa barbe de trois jours. Ils applaudissaient avec entrain, le sourire large. Une image pile poil. Collée contre son chéri, elle frappait des mains en rythme avec lui, en cadence, comme au spectacle, portant un tablier vert pomme qui rendait tout de suite l'image plus supportable.

On était samedi et il n'y avait quasi personne en rue malgré le soleil. Il était encore tôt mais tout de même, c'était étonnant ce silence alors qu'il n'était pas interdit de sortir. On pouvait même marcher autant qu'on le voulait du moment qu'on ne s'arrêtait pas et qu'on ne se posait nulle part. Un mouvement perpétuel obligé, pour compenser l'immobilité de tout le reste.

Elle ne pouvait s'empêcher de laisser courir ses yeux à droite à gauche, où était ce voisin ? Il se cachait convenablement, la rue semblait lui appartenir. Le rose des cerisiers jonchait à présent les trottoirs et dégageait une odeur de pipi de chat. Janet marchait vite, elle avait hâte d'arriver alors qu'elle venait de passer quinze jours à faire semblant qu'elle n'y pensait jamais.

Le parc Royal était presque aussi désert que toutes les rues qu'elle venait de traverser. Quelques joggeurs, qui ne semblaient pas trop s'émouvoir de la haine qu'ils inspiraient depuis quelques semaines et sans doute était-ce tant mieux, et puis les arbres et les oiseaux. Même pas de voitures sur les axes qui ceinturaient le parc. Et aussi le bruit de ses pas rapides dans le gravier des allées. Des bruits de feuilles de papier qu'elle froissait à chaque pas.

En descendant la rue des Colonies vers la gare Centrale, elle a senti son cœur se serrer autant que le jour de son premier rendez-vous. Surexcitation, réjouissance, et puis peur, peur panique, panique montante, envie de pisser. On se calme, on se calme. Elle a ralenti le pas, un 63 montait à sa rencontre, vide de passagers, elle n'avait jamais connu la ville aussi morte, jamais. Même pas les nuits où elle l'arpentait avec Pierre quand ils n'arrivaient pas à dormir. Il y avait toujours quelqu'un ou quelque chose à voir, mais ce matin il n'y avait vraiment personne et vraiment rien. Les types qui squattaient en permanence l'entrée de la gare, les jeux d'échecs, les sacs de couchage et les caddies débordant de sacs plastique, tout avait disparu, la place était nettoyée de toute existence, où étaient-ils allés ? Elle n'avait pas pensé une seconde qu'ils étaient sans doute confinés dans des centres d'accueil, où était-elle ces derniers jours ? Comment avait-elle pu ne pas y penser ? Comment allaient-ils passer les semaines à venir les uns sur les autres dans des dortoirs sinistres ?

L'esplanade était désormais vide de gens. Qu'ils soient debout, assis, couchés, personne nulle part.

Janet l'a traversée d'un pas pressé, les bras le long du corps, gênée d'être vivante et mobile. La Hulpe, elle n'y croyait plus du tout, et de toute façon, s'il y était, elle ne saurait où le chercher. Mais l'imaginer dans un de ces centres d'accueil, c'était au-dessus de ses capacités.

Elle est arrivée rue de la Madeleine, est descendue jusqu'à la rue Marché-aux-Herbes où d'habitude les terrasses du Quick, des vendeurs de frites et de gaufres occupaient tout l'espace. Grand vide là comme ailleurs, l'arche du Sheraton n'abritait plus personne. Janet est repartie sur la droite en direction de la cathédrale dont la masse était déjà visible. Elle n'avait pas bougé, elle. Impavide.

Pas de lumière. Mais on était en pleine journée, peut-être était-il là, peut-être dormait-il. Si l'immeuble était toujours debout, les meubles de Pierre aussi. Son lit, sa gazinière, ses chaises. Seule la table de cuisine, peut-être, lui manquait-elle. Janet, debout sur le trottoir d'en face, a gardé la tête levée longtemps, incapable de traverser la rue pour sonner. Impossible de voir à travers les vitres du cinquième étage mais tout pouvait arriver, il suffisait de faire preuve d'un peu de patience.

Elle a eu beau tendre le cou, rien ne transpirait, ces fenêtres étaient hermétiquement closes. Elle aurait donné beaucoup pour qu'il soit là-haut et lui ouvre, elle aurait donné bien plus que la moitié de son tapis turc et son parquet foutu. Comment avait-elle pu s'attacher à si peu. Elle a traversé la rue, toutes les sonnettes étaient semblables à ce qu'elles avaient été, les lettres à moitié effacées, les étiquettes collées de travers, l'absence de nom sur celle du cinquième étage. La seule à dire qu'il n'y avait personne alors que Pierre était le seul à avoir été là. Elle a pressé le bouton. Impossible d'entendre si la sonnette fonctionnait mais elle l'a quand même actionnée plusieurs fois, puis très vite reculé de quelques mètres pour retrouver sa place sur le trottoir d'en face, parce qu'il n'y avait pas de parlophone et qu'elle voulait qu'il la voie s'il avait la moindre hésitation. Et qu'elle puisse capter l'ombre derrière la fenêtre si elle devait se manifester.

Maintenant son cou lui faisait mal, elle n'avait rien vu du tout, rien ne s'était passé, il n'était pas là ou alors il se cachait. En tout cas, il n'ouvrirait pas et elle n'avait plus qu'à remonter la rue du Bois-Sauvage, le corps raidi par la déception et le manque.

Quand la sonnette a retenti chez elle deux jours plus tard, par contre, elle l'a entendue très clairement. Intrusion à ce point inattendue par les temps qui couraient qu'elle en était effrayante. Ça ne pouvait être que lui, elle était sûre que c'était lui. S'il s'était agi de Nicolas ou du voisin qui lui voulait du bien, ils auraient frappé à sa porte, pas sonné en bas. Ça ne pouvait être que lui. Elle en aurait pleuré, tellement elle en avait envie et regrettait de ne s'en être jamais rendu compte avec une telle profondeur. Elle a décroché le combiné du parlophone et appuyé sur le bouton vidéo pour le regarder.

Elle n'avait jamais jusqu'ici acheté de tapis ni rien de ce genre en ligne, et voilà il était là. Le tapis. Pas Pierre. À sa place, il y avait une demoiselle dans le hall, masquée, et vêtue comme en été, bermuda vert et débardeur, tête levée vers le vidéophone, avec un long paquet rectangulaire posé sur le sol à côté d'elle. Quand Janet avait vu la photo de ce tapis étalé par les bons soins de la vendeuse sur les pavés du trottoir devant le magasin, il lui avait plu tout de suite, et puis la jeune fille était prête à le lui livrer à vélo. Il était d'un rouge profond avec des petites taches vert clair, plus large que le précédent, et ses dimensions devraient permettre de cacher les lattes de parquet calcinées.

Dans le hall de l'immeuble, le grand paquet emballé dans du papier kraft faisait l'effet d'un intrus. La jeune fille, pressée de s'en débarrasser, a eu un mouvement des deux mains, genre *Il est à vous, démerdez-vous,* et puis elle s'est empressée de sortir du sas, son vélo cargo l'attendait dehors.

Janet s'est baissée, le paquet lui échappait des mains, le papier kraft glissait. Elle est parvenue à le caler contre sa hanche, a poussé sur le bouton d'appel de l'ascenseur, espérant ne croiser personne.

Le tapis abîmé évidemment était encore là, dramatique mais à présent chargé de toute une histoire qu'elle allait avoir du mal à lâcher. Elle a jeté le paquet par terre et déplacé la table de salon après en avoir retiré tout ce qui s'y trouvait, y compris le papier à rouler et un paquet de tabac que Pierre avait laissés sur les livres et les magazines qu'elle ne voyait même plus, et qu'elle n'était pas parvenue à jeter. Elle a replié son tapis turc, qu'elle a balancé contre le mur.

Le nouveau était parfait. Ses couleurs flamboyaient, ce rouge profond assorti de ces points verts lumineux, c'était aussi beau et attirant que les cerisiers du Japon.

Après les cerisiers, il y avait eu les lilas, les glycines, les iris, les roses, les pivoines, les marguerites, et les hortensias commençaient. Tout ça en ville, derrière les grilles des propriétés bourgeoises ou dans les jardinets devant les maisons, ou dans les plates-bandes le long des trottoirs, ou dans les allées centrales des avenues. Son quartier ressemblait à un immense espace vert, un vaste enclos intensément fleuri où tout devenait visible jusqu'au moindre bourgeon, où il était possible de se promener parfois même sans un bruit, sinon celui des oiseaux qui avaient gagné en décibels depuis la disparition presque totale des moteurs de voitures, et dont on voyait les nids dans les arbres.

Billy lui envoyait des photos de tortues et d'iguanes, preuve s'il en fallait qu'elle n'avait pas tort d'imaginer que dans cette île on ne rencontrait que ces bêtes-là. Il lui parlait à peine de la ferme où il était supposé fabriquer des fromages. Et restait complètement évasif sur la vie qu'il menait heure après heure dans ce lieu quasi vierge qui ressemblait pourtant à l'idée qu'on pouvait se faire du summum du luxe, il ne devait sans doute pas y trouver son compte. Il s'inquiétait pour sa mère, pour le personnel soignant. Ce qu'il lisait et écoutait sur Internet lui faisait peur. Elle avait beau n'avoir jamais soigné si peu de gens depuis que tout ce bazar avait commencé, il s'inquiétait tout de même. Il parlait de rentrer, il en avait assez de ces petits boulots à la semaine ou au mois, il avait le sentiment de tourner en rond depuis quelques jours. Il allait se renseigner sur les vols et les possibilités de traverser les frontières, son passeport devait lui permettre de regagner son pays, le contrat qu'il avait avec le fermier ne l'engageait en rien, il avait envie de reprendre des études. Il égrenait chacun de ses arguments avec une tranquillité de gendarme, il était parvenu à se remettre à l'endroit, il allait bien.

Elle avait le sentiment de ne plus maîtriser grand-chose et, dans son petit bureau sans fenêtre, depuis lequel elle attendait d'être éventuellement réquisitionnée, elle ne consacrait pas le temps qu'elle avait pourtant décidé d'y dédier à la recherche de Pierre. Elle avait prévu ce matin d'appeler les différents hôpitaux et de faire une incursion à Tour et Taxis où les sans-abri et les réfugiés de tous ordres avaient été rassemblés. Dans ce grand camp de briques rouges. Ils étaient plus d'une centaine à être réunis là, la moitié d'entre eux avaient sans doute besoin de se noyer dans l'alcool tandis que l'autre moitié essayait de respecter le ramadan. Elle avait prévu de les appeler mais elle n'a pas bougé le petit doigt, soit parce qu'elle n'y croyait pas, soit parce qu'elle préférait ne rien savoir. Le monde était en suspension, elle ne souhaitait pas peser dessus plus que nécessaire. Billy allait rentrer. Et à quoi cela l'avancerait-il de retrouver Pierre si sa vie tout entière était contenue dans un caddie écossais, que ferait-elle si elle tombait sur lui ? Il n'était pas envisageable de lui offrir un café quelque part, et faire le tour du quartier indéfiniment n'était pas une option. Et si ce n'était que ça... Elle ne supporterait pas de le retrouver là, aussi démuni que ce qu'il avait tant craint de devenir, et elle n'avait plus la possibilité de le loger puisque Billy allait rentrer. Le monde était en suspension et sans doute cette question devait-elle le rester également, malgré son envie folle de revoir Pierre. De retrouver l'homme entier, pleinement vivant. Ses cheveux soyeux, son manteau, son caleçon, ses baskets, sa tendresse, son amour élégant, sa peau douce, sa démarche, les vestiges de sa prestance et ses airs misérables. Elle mourait d'envie de le voir mais elle pouvait vivre sans. Elle ne voulait pas courir le risque de le retrouver plus piteux encore que les airs que parfois il se donnait. Elle pouvait vivre sans, seulement penser à lui. Elle ne l'avait pas vu depuis plus de deux mois, un petit effort supplémentaire devait suffire pour se persuader qu'il n'avait jamais existé.

Cette fois, ce n'était pas un iguane ni une tortue, c'était un poisson mort, que Billy, assis sur une chaise basse en paille, écaillait avec un petit couteau, le bras tendu loin de lui comme s'il craignait le pire, et un sourire qui lui remplissait tout le visage. Il était installé en plein milieu d'une ruelle pavée, sur le trottoir de laquelle quelques types discutaient, appuyés contre la devanture d'un bistrot à la façade rouge fané. En face de Billy, assise sur une petite chaise semblable, il y avait une fille dans une robe jaune pâle, qui tenait le même genre de couteau dans la main et brandissait son poisson vers Billy comme si ces deux poissons avaient besoin d'être ensemble pour se faire écailler. Elle avait de longs cheveux châtains qui flottaient sur son visage, les bras minces et bronzés, et toute sa manière d'être, souple et fine, rebondissait sur Billy et lui donnait un air détendu et heureux, presque raccord avec le décor. Ses cheveux à lui avaient poussé, n'étaient plus peignés depuis longtemps, ils ondulaient presque et le faisaient enfin ressembler à tous les autres types de son âge qui voyageaient pour le plaisir. La fille était suisse, ça ne s'inventait pas. Il était écrit quelque part que Billy avait besoin de ce peuple réglo, placide et sûr de lui pour se déplier correctement.

Il n'était plus question qu'il rentre. Il n'avait pas encore cherché de réponse aux questions qu'il avait soulevées la dernière fois, tellement satisfait de nettoyer des poissons en compagnie de cette fille. Et les photos qu'il avait envoyées à Janet se montraient assez parlantes, les deux poissons n'étaient qu'un début. Cette histoire allait vraisemblablement noyer Margarita sous une pluie d'écailles si ce n'était déjà fait.

On était le 22 mai et Axel, son urgentiste préféré, son ami, celui par qui elle était arrivée dans cette clinique de la douleur avec pour mission de la réorganiser de A à Z, sortait à l'instant de son bureau où il était venu la flatter à sa manière doucereuse et irrésistible. Ce n'était pas parce qu'elle avait cinquante-sept ans qu'ils ne la réquisitionnaient pas, non, c'était parce qu'elle allait devenir indispensable au cours des semaines qui suivraient, ils allaient avoir besoin d'elle, c'était clair, vraiment, il ne fallait pas qu'elle se sente oubliée ou superflue. Elle s'était étonnée de le voir tourner en rond dans la pièce pendant tout le temps où il était resté là, sans se préoccuper des distances de sécurité en vigueur. Indispensable, soit. Son petit espace fermé sans fenêtre, en attendant, était maintenant tout à fait nickel. Toutes les claies du frigo nettoyées au vinaigre, les étagères farcies de dossiers roses empilés. Elle s'était inscrite à un cours d'espagnol en ligne, et elle pensait à Pierre sans parvenir à le déposer ailleurs que dans son appartement en face de la cathédrale. Impossible. Tout devenait flou. Il n'avait pas envoyé le moindre signe, pas un message, rien.

La ville avait déjà perdu son calme, elle ne l'avait pas gardé longtemps, quelques semaines tout au plus. Janet ne roulait plus à 90 dans les tunnels. Les perspectives d'avenir n'étaient pas folichonnes, qui aurait-elle envie de voir une fois que cette possibilité s'ouvrirait de nouveau à elle ? Billy n'allait pas revenir dans l'immédiat. Et Pierre, s'il se trouvait véritablement quelque part, semblait bien décidé à lui laisser une paix royale de là où il était.

Parfois c'était bon de se tromper.

Je vogue dans le grand lac des pensées confuses.

Son écriture avait changé. Moins assurée. Et le Bic qu'il utilisait était de mauvaise qualité. L'encre coulait par endroits, certains mots étaient à peine lisibles. C'était incroyablement émouvant de retrouver cette écriture serrée, penchée, et à présent un peu tremblante. C'était presque pire que son odeur. Un fin prolongement de sa personne. Il avait écrit la lettre sur une feuille arrachée à un petit cahier quadrillé, on voyait la trace des agrafes. Elle a lu les trois lignes qui restaient.

Je pense à toi sans cesse, et mes pensées sont faites d'une immense reconnaissance.

Il remettait ça. Non. Pitié, non. Était-ce le seul lien qu'il avait trouvé ?

J'ai une vue directe sur la gare. Elle n'est pas aussi grandiose que la cathédrale mais je serais heureux de partager cette vue avec toi si tu avais l'occasion de passer par ici. La Hulpe est une bourgade très riante, surtout par les temps qui courent.

Il ne donnait pas son adresse, ni sous les lignes ni sur l'enveloppe. Il signait juste d'un P majuscule tout penché.

La route était bordée de rhododendrons sur des kilomètres, des kilomètres de massifs somptueux, on était chez les riches, on sortait de la ville par le côté chic ; quand ce n'étaient pas les rhododendrons c'étaient des hautes haies magnifiquement taillées, des propriétés hallucinantes se cachaient là-derrière. L'industriel Ernest Solvay y avait installé son royaume, et Janet reconnaissait juste avant l'entrée dans La Hulpe la vieille rue pavée qui menait à la maison d'Axel et son épouse, une vieille villa quatre façades entourée de rosiers, qu'elle connaissait bien. Axel aimait les dîners mondains et y mélangeait joyeusement milieu médical et écrivains parce que lui-même avait écrit deux romans auxquels parfois il semblait accorder plus d'importance qu'à ses trente ans de pratique. Qu'on puisse se tromper à ce point sur la valeur des choses la dépassait. Elle les avait trouvés illisibles, il était tellement meilleur médecin, mais ces soirées étaient habitées, drôles et brillantes. Elle n'y était jamais allée avec Pierre. Après cette ruelle, il n'y avait plus que des haies encore, quelques rares maisons à front de rue, toutes les autres cachées aux regards. La lumière de la fin de journée laissait augurer du plaisir que ça devait être de s'asseoir sous les arbres de ces propriétés. Et puis elle est arrivée au carrefour qui menait à la gare. Le feu était vert, elle a tourné à gauche, a traversé le bourg qui était presque mort malgré la détente des derniers jours. La rue centrale descendait vers un petit lac, plutôt un vaste étang, et au fur et à mesure qu'elle remontait vers la gare, les maisons serrées de chaque côté devenaient de plus en plus moches, toutes en briques de parement de mauvais goût, beiges, jaunes, brun clair. La gare elle-même n'était pas un cadeau, construite sans doute dans les années quatre-vingt, un bâtiment compliqué aux formes inutiles, au toit comme coupé en deux, en forme de V. La route s'arrêtait là. Janet a garé sa Fiat sur le petit parking bordé d'un terre-plein d'herbe déjà un peu jaunie par la chaleur des dernières semaines. Trois autres voitures étaient garées. Quelques personnes sortaient de la gare, toutes masquées, marchant d'un pas pressé, Janet entendait le bruit régulier du train qui s'éloignait. La place était en forme de demi-lune et entourée des mêmes maisons sans charme, aux rez-de-chaussée desquelles seuls trois commerces avaient élu domicile. Tous avaient le rideau baissé mais les enseignes annonçaient un magasin d'ameublement – Janssens, décoration d'intérieur – un pressing, un dépôt de pains et de journaux. Et un bistrot tout de même, sur le coin, qui lui aussi était fermé, Le nouveau petit pont.

Elle n'avait pas vu de pont. Tout transpirait l'ennui et le ramassement sur soi.

Une ruelle pavée repartait vers la gauche de la gare, elle était bordée de feuillus, seule tache verte parmi les briques, qui offraient une ombre compacte et donnaient envie de s'échapper par là, comme la seule issue acceptable pour ne pas se laisser gagner par toute cette morosité.

Janet est restée un moment immobile à côté de sa voiture, balayant les maisons, chaque rez-de-chaussée, chaque fenêtre, rien ne semblait vide ou abandonné mais c'était difficile à dire avec tous ces rideaux et ces volets tirés. La lumière était encore assez forte pour ne pas nécessiter d'allumer des lampes. Où était Pierre ? La gare elle-même semblait avoir fini sa journée. Sur sa façade, deux guirlandes de grosses ampoules multicolores, comme un vestige de fête nationale ou de kermesse. Elles étaient éteintes mais peut-être les allumait-on dès que la nuit tombait. Où était Pierre ? Quelle vue de la gare avait-il ? Et pouvait-il voir la ruelle de là où il était ?

Janet a traversé la place, sans savoir que faire ensuite, sonner à toutes les portes ? Elle a fait volte-face, quelques pas vers la voiture, puis elle est revenue vers le trottoir bordé de toutes ces maisons hermétiques. Le magasin de décoration semblait exister pour de bon : malgré le volet baissé cette devanture avait quelque chose de vivant, la plaque en plexiglas fixée sur le bord de la porte d'entrée donnait les heures d'ouverture. Elle a longé les quelques maisons qui suivaient, est passée devant le bistrot fermé et a traversé la rue principale pour atteindre l'autre moitié de la demi-lune. Le pressing. Il était juste indiqué Pressing André mais peut-être l'intérieur de la boutique n'avait-il plus rien à voir et des travaux avaient-ils été entrepris pour transformer l'espace. La porte d'entrée du magasin était elle aussi masquée par le volet et celle du petit immeuble ne proposait pas grand-chose, sinon trois sonnettes aux noms bien imprimés, de vraies personnes habitaient là. Et difficile d'imaginer Pierre dans ce magasin derrière un volet baissé alors que la place était encore pleine de la lumière du soir. Ou alors la réalité s'avérait plus sinistre encore que l'idée qu'elle s'en faisait. Elle allait laisser tomber le pressing pour jeter un œil au magasin suivant quand elle l'a vu. Non, elle ne l'a pas vu. Elle l'a deviné avant de le voir, sous les frondaisons de la ruelle à l'autre bout de la place. Elle l'a senti marcher de loin, une sorte de mouvement dans la ruelle qui lui a fait tourner la tête dans cette direction. Il débouchait de sous les arbres, tenant un chien en laisse, un gros briard à longs poils noirs et hirsutes. Des années quatre-vingt aussi sans doute, la mode avait changé, les chiens maintenant étaient tout lisses. Pierre a eu l'air de la reconnaître même si à cette distance c'était difficile à dire. Il était maintenant arrivé sur la place et marchait vers elle, le chien l'accompagnant gentiment d'une démarche presque sautillante malgré sa taille et son épaisseur. On aurait dit qu'il marchait sur la pointe des pattes. Pierre semblait réprimer un sourire, il a ralenti le pas, n'a pas attendu d'être à la hauteur de Janet pour lancer, avec un visage qui trahissait – malgré tous ses efforts pour ne pas trop la montrer – la joie d'avoir réussi d'un seul mot laconique à l'appâter suffisamment pour l'amener jusqu'ici :

– Ah tu as pu t'échapper de la capitale... Tu as forcé tous les barrages ?

Son sourire s'est élargi. Et puis il s'est arrêté à quelques mètres d'elle.

– Tes cheveux ont poussé. Ça te va bien. Il a ajouté après un court instant : Mais tout te va bien, de toute façon.

Elle n'a pas bougé d'un centimètre, soulagée de le voir tel qu'elle se souvenait de lui si on oubliait le chien, mais pas fichue non plus d'avancer de quelques pas, comment savoir si la distance qu'ils laissaient entre eux était motivée par la prudence imposée depuis des semaines ou s'ils avaient établi tout seuls ce barrage-là ? Elle a souri aussi.

– Tu as un chien ?

– Il faisait partie du deal.

Le chien se tenait immobile à côté de Pierre, qui lui a gratté le dessus de la tête, on voyait à peine les yeux cachés par les poils.

– Il est sympathique. On s'entend bien. Sultan, dis bonjour à Janet.
– Bonjour Sultan.

Trois mètres au moins les séparaient, difficile de caresser l'animal, elle est restée les bras ballants, une bretelle de son sac à dos accrochée à son épaule, dans sa petite robe d'été trop légère. Elle frissonnait. Pierre aimait bien cette robe, elle ne l'avait pas choisie par hasard. Et elle regrettait d'avoir mis des sandales, surtout celles-là, les brides trop fines lui sciaient les pieds. Elle avait froid. Il devait être aux environs de vingt heures et le soleil avait perdu son pouvoir, pendant un moment elle s'est demandé ce qu'elle faisait là. La distance entre eux lui faisait l'effet d'un mur de béton.

– C'est là que tu vis ?

Elle a indiqué du doigt le volet du pressing devant lequel elle se trouvait toujours.

– Oui.

Il s'est enfin approché mais sans la regarder, concentré sur la recherche de sa clé qui ne semblait pas être à la place où il avait imaginé qu'elle était.

Et puis il a lâché la laisse du chien qui n'a pas bougé pour autant, il s'est baissé péniblement pour introduire la clé dans la serrure au bas du volet et puis, dans un mouvement qui semblait exiger de lui un sacré effort, il a remonté le volet avec un « han » de joueur de tennis.

– Tu le baisses toujours quand tu vas te promener ?
– La porte ne ferme pas.

– Tu le baisses aussi quand tu es là ?

Soudain elle avait envie de tout savoir. Comment il allait, comment il vivait depuis deux mois, s'il mangeait comme il fallait et ce qu'il faisait de ses journées.

– Non, il y a un verrou à l'intérieur. Il a eu un petit rire. Je mourrais si je devais rester dans le noir.

Il a poussé la porte et est entré dans le magasin, suivi par le chien dont la laisse traînait par terre. Janet restait sur le seuil et tentait d'appréhender l'intérieur mais les contours de la pièce étaient sombres et il n'y avait que l'odeur qui parvenait nettement jusqu'à elle, une odeur de fraîcheur humide, de lessive industrielle qui donnait à penser que le pressing avait laissé quelques restes. Pierre a remonté le store en toile épaisse qui obscurcissait tout comme si le volet n'avait pas suffi, sa docilité envers la propriétaire du lieu semblait être sans limite, et les poils du chien se sont mis à danser dans la lumière revenue. Janet maintenant voyait le lit étroit dans le coin gauche sur le carrelage blanc, une table avec le vieux portable dans le coin opposé, un grand sac de voyage duquel dépassaient quelques vêtements chiffonnés, et une couverture pliée par terre qui servait sans doute de couche au chien. Rien d'autre sinon de larges étagères vides et blanches, et trois grands tambours de machines à laver industrielles. Minimaliste. Juste une porte ouverte sur l'arrière-boutique qui laissait deviner un coin cuisine et une petite cour.

Pierre est revenu vers elle.

- Tu travailles dans l'unité Covid ?
- Non, je n'ai pas été réquisitionnée...
- Alors viens, s'il te plaît, ne reste pas là.

Elle est entrée derrière lui.

Il lui avait proposé une bière qu'elle ne savait où poser quand elle ne buvait pas, la fraîcheur de la bouteille dans sa main lui donnait la chair de poule. C'était compliqué. Les mots avaient du mal à se frayer un chemin alors que les sujets ne manquaient pas, mais ni l'un ni l'autre n'avait sans doute envie de savoir avec trop de précision ce qu'ils auraient gagné à confiner ensemble. Et à défaut de s'appesantir sur eux-mêmes ils flottaient autour de Billy et de la jolie Suissesse qui l'avait transformé, chacun debout collé contre son mur, elle près du lit, lui près de la table. La pièce n'était pas grande et ils étaient toujours aussi distants et mal à l'aise, il n'y avait qu'une chaise.

- Tu as mangé ?
- Oui… Je suis désolé, je n'ai rien à te proposer, il me restait un peu de…
- T'inquiète, je n'ai pas faim.
- … de bolognaise que j'ai finie ce soir.

Il a souri, contrit.

– Je t'attends tous les jours. Et ce soir, je ne t'attendais pas.

Elle a haussé un sourcil.

– J'ai reçu ta lettre aujourd'hui.

– Je ne pensais pas que tu viendrais si vite.

Elle s'est collée contre le tambour de la machine, son sac à dos toujours accroché à l'épaule. Et Pierre a soudain paru la voir pour la première fois.

– J'aime bien cette robe. Elle est chouette. Il est joli, ce tissu.

Janet a baissé les yeux sur sa robe comme si elle la découvrait. C'est vrai, elle était jolie, toute droite et sans manches, dans un tissu fluide qui glissait sur sa peau sans coller, d'une couleur vieux rose, brodée de petits palmiers vert foncé qui en parsemaient la surface.

Elle s'est détachée du mur, a fait quelques pas vers la cuisine pour déposer sa bouteille de bière encore à moitié pleine. Puis est revenue en marchant le plus lentement possible, sans savoir où regarder parce que dans la pièce, il n'y avait rien. Pas un objet, pas une photo, pas un livre, rien sinon le portable sur la table et le sac de vêtements, comment faisait-il.

– Tu es bien, ici ?

– Oui. Sultan me tient compagnie, c'est bien. On dort pas mal, lui et moi. On fait de la résistance.

Il a souri. De la résistance. Le chien couché sur la couverture, la tête posée entre ses deux pattes avant, s'était en effet endormi. À part lui et son souffle profond, l'ambiance était mortelle, le carrelage blanc un lac gelé. Elle avait envie de s'en aller mais comment se tirer de là en sachant qu'elle y laisserait aussi tout le reste ? Elle aurait voulu que Pierre fasse un effort mais il avait l'air aussi éteint qu'elle. Ses baskets avaient pris une teinte verte, pourquoi verte ? Les chemins qu'il empruntait avec Sultan ne pouvaient pas être humides vu la météo des dernières semaines, peut-être étaient-elles en train de moisir à force d'être portées tous les jours.

– Qu'est-ce que ça va devenir ?

– Quoi ?

– Ce pressing. Ils voulaient faire des travaux, non ?

– Oui, Catherine projette d'installer un atelier et un magasin de vélos, mais son type s'est barré et il était partenaire du projet. Les travaux sont au point mort.

Il a ajouté :

– Son nouveau mec déteste les chiens. Sultan et moi, on peut rester ici autant qu'on veut.

Il ne semblait pas relever le côté comique ou pathétique de la situation.

Pendant quelques instants ils n'ont pas prononcé un mot, Pierre regardait ses pieds. Lequel des deux avait le plus peur de l'autre ? Il y avait trop de murs entre eux pour qu'ils soient naturels.

C'était infiniment laborieux.

– Je vais peut-être y aller.

Ce « peut-être » aurait pu être l'occasion d'une ouverture mais Pierre n'a pas relevé. Il s'est éloigné du mur en le poussant des deux mains, pressé de la voir partir.

– Je suis désolé de t'accueillir comme un plouc. La prochaine fois, je t'invite à dîner.

– Ah.

Elle a hoché la tête en guise d'acquiescement ou d'incertitude et rajusté la bretelle de son sac à dos. Elle s'est dirigée vers la porte restée ouverte et Pierre l'a suivie à distance raisonnable.

– Merci d'être venue.

– Mais de rien. Au moins, maintenant je sais où tu es.

Tout pesait mais cette scène était à la fois tellement plate qu'elle n'éprouvait rien d'autre que le désir urgent de retrouver la chaleur de sa voiture qui l'attendait sur la place.

– À bientôt.

– À bientôt, Janet. Sois prudente avec les barrages.

La prochaine fois. La prochaine fois. La prochaine fois... Où ? Quand ? Dans cet espace commercial nu et glacial ? Ce magasin vide était aussi accueillant qu'un tiroir de médecin légiste. Comment avait-elle pu le laisser partir là-bas ? D'accord, c'était La Hulpe et La Hulpe ne faisait peur à personne, mais comment avait-elle pu le lâcher comme ça ? Sans aller chercher plus loin ? Que faisait-il là depuis deux mois ? Dormir tout le temps ? Parler avec Sultan ? Et que se disaient-ils ? Elle entendait, non, elle voyait le silence à peine dérangé par un soupir de l'un ou de l'autre planer dans la pièce froide, et ces deux ombres mollement se déplacer d'un coin du local au coin opposé, *houmpf*, de la cuisine à la table, quelle vision.

Couchée dans le canapé, jambes en l'air et pieds nus sur le dossier, Janet contemplait le plafond qui avait sérieusement besoin d'être repeint. Que voulait-elle tirer comme jus de l'existence, qu'est-ce qu'elle voulait vraiment, qu'est-ce qui comptait vraiment ? Prendre soin des choses au point d'en dédaigner les gens ? Elle s'était sentie tellement soulagée quand elle avait fermé la portière de la voiture sans vérifier si Pierre la regardait démarrer, et puis le malaise avait grandi au fil des kilomètres, tandis qu'elle enfilait dans l'autre sens la route ourlée de rhododendrons.

Il aurait peut-être suffi d'aller manger une lasagne surgelée au Nouveau petit pont. Si le bistrot avait été ouvert, tout aurait pris une couleur différente, tout aurait peut-être recommencé. Leur fond avait été ardent et devait être tapi pas loin, mais la froideur du carrelage risquait de l'anéantir.

Elle avait des pieds de bourgeoise, fins et longs. Elle les a agités un moment dans le halo des réverbères de la rue et de la lune montante à travers la fenêtre ouverte. Le lampadaire en verre soufflé vert pâle tout près d'elle diffusait une lumière veloutée, éclairait le rouge du tapis dont la texture était si agréable aux pieds, et le parquet blond quelques mètres plus loin. Pendant que Pierre dormait – probablement – dans son tiroir de médecin légiste.

Par moments, un bus déchirait le silence de la rue. Elle aurait pu aussi l'inviter chez elle, lui préparer un repas digne de ce genre de retrouvailles, mais l'avenir qui se dessinait après cet instant s'il avait lieu rendait l'instant épineux et l'avenir plus hypothétique encore. Le simple fait qu'il existe un avenir dont on ne pouvait se débarrasser rendait le présent presque impossible à vivre. Elle se voyait mal lui faire des pâtes aux scampis et le ramener ensuite dans son frigo, à vingt kilomètres de là, comme si ça allait de soi. Elle se voyait encore plus mal lui proposer de rester pour de bon même si, vu de l'extérieur, c'était peut-être la seule solution décente. Qu'il revienne, avec son vieux portable, son sac de voyage d'adolescent, et toutes les mises en garde de Janet qu'il aurait intégrées et le rendraient plus asservi encore qu'avant. Mais si ce n'était que ça. Elle revoyait avec une précision douloureuse sa mère traverser à petits pas comptés l'appartement, frotter le sol de ses pieds mous, trébucher sur le tapis turc pour rejoindre le bureau depuis lequel Pierre avait regardé ses clips des années quatre-vingt, bureau converti en chambre de malade où la mère de Janet avait fini sa vie. Les heures fantomatiques. Les odeurs affligeantes qui planaient. Billy qui rasait les murs. La nostalgie épaisse pour tout ce qui avait disparu. Elle avait tant aimé sa mère, qui s'était mise à ne plus ressembler à rien. Elle avait tant aimé sa mère à qui elle n'avait pourtant pas été fichue de raconter ce qui s'était passé sous la tente cette foutue nuit de ce foutu été, alors qu'Olga évidemment avait deviné que quelque chose n'allait pas. *Il y a un truc qui s'est passé, Janet, tu as perdu ta joie. Si tu m'expliquais ?* Sa mère avait maintenu la pression, lui avait posé plusieurs fois la question au cours des semaines qui avaient suivi le camp. Mais Janet avait tenu bon, éludé, fait mine de ne pas comprendre de quoi elle parlait. Non mais qu'est-ce que tu t'imagines ?

C'était lamentable. Quarante ans plus tard, elle regrettait encore de ne pas lui avoir dit, de ne pas avoir fourni à sa mère toutes les pièces du puzzle qui composaient sa fille, de ne pas lui avoir donné la pièce manquante avant qu'elle ne meure. Elle n'avait jamais trouvé le temps ou le moment, ou peut-être pas jugé utile de l'encombrer avec ça. C'était un peu tard.

Qu'est-ce qui comptait vraiment ? Et merde. Elle s'est redressée, elle avait faim. C'était agréable de fouler ce nouveau tapis de ses pieds nus.

Elle a regardé l'intérieur du frigo fixement. Depuis que Billy était parti, les aspects domestiques de l'existence avaient perdu leur régularité apaisante, leur intérêt même, et elle finissait toujours par manger n'importe quoi debout sur la terrasse, en contemplant les jardins.

Il proposait vingt heures, dans un message laconique qui avait toutefois le mérite de signifier qu'il avait récupéré un téléphone quelque part – il jouissait de quelques avancées sur Sultan, pas toujours pour un mieux, mais la question n'était pas là. *Jeudi soir, dîner à vingt heures ?* Rien de plus. Le point d'interrogation laissait tout de même une ouverture. On était lundi, il faisait chaud dehors, les soirées étaient incroyablement douces, et la seule perspective de vivre un repas entier dans son magasin mort lui donnait déjà des frissons, qui n'avaient rien de joyeux ni de sexuel. Ça lui donnait juste froid. *Où ça ?* Il a mis quelques heures à répondre. *Chez moi. Où d'autre ? Je te dois bien ça.* Je te dois bien ça. C'était une blague ? Il plaisantait ou il y croyait vraiment ? Pas de smiley affriolant pour lui faire miroiter à quel point l'idée le faisait rire. Que répondre s'il n'y avait même pas d'espace de jeu ? La perspective seule était déjà sinistre. Elle n'a pas réagi tout de suite. Ce n'est que le lendemain, après avoir pesé les maigres possibilités qui s'ouvraient à eux, qu'elle a consenti à envoyer un message aussi bavard que ceux qui avaient précédé. *D'accord. J'apporte du vin ?*

Les rhododendrons commençaient à faner, leur floraison était brève, mais la route restait belle et la lumière à cette heure de la journée était douce à pleurer, les larmes lui montaient réellement aux yeux, qu'elle devait essuyer d'un doigt rapide pour continuer à conduire sans danger. Ce soir, elle aurait presque tout donné pour que le repas auquel elle était conviée ait lieu sur une de ces terrasses d'une de ces villas cachées au bout des allées mystérieuses. Elle aurait presque tout donné pour croiser les jambes en remontant légèrement sa robe sur ses genoux, assise sur une chaise de jardin en méranti rehaussée de coussins en lin beige. Puéril, d'accord, idiot et sans valeur intrinsèque, d'accord, mais très honnêtement elle ne rêvait que de ça, s'adosser à une chaise confortable et jouir de la douceur de l'air dans le soir qui tombait, de cette vue, cette verdure, ces arbres majestueux dont elle ignorait le nom pour la plupart, et pourquoi pas une pergola avec une vigne qui courait dessus, Dieu que ce serait bon après tout ce temps. Avec la table de jardin garnie de bols en raku dans lesquels se traîneraient quelques tomates cerises et des tapenades d'olives noires et vertes, aussi de larges assiettes marocaines chargées de blinis au saumon, de toasts aux rillettes de canard ou à la crème d'artichaut, elle revendiquait tout ça, elle voulait tout ça, le verre de vin blanc que lui apportait son hôte, un glaçon ? Non ça ira, merci, la fraîcheur du vin perle sur le verre, c'est parfait. Merci. Merci qui ? Tout devenait flou. Merci qui ? Qui était là avec elle ? Qu'est-ce qui comptait ? Les lieux plutôt que les gens ? Plus on vieillissait et plus les détails du monde pouvaient être frappants de beauté, pourtant les vieux pour la plupart vivaient sans vue, sans arbres, sans tonnelle parcourue de vigne et sans verre de vin blanc dont la fraîcheur perlait. Elle n'avait jamais demandé à Pierre où se trouvait sa maison parce qu'elle préférait ne pas être tentée d'aller jeter un œil sur tout ce qu'il avait perdu, même si elle avait entendu parler des soirées dantesques qu'il y organisait, et du splendide verger de vieux cerisiers qui descendait vers la rivière au bout du jardin profond. Elle aurait adoré voir les bourgeons sur les arbres, l'éclat des fleurs blanches au printemps. Elle arrivait aux abords de La Hulpe, la climatisation de sa Fiat n'était pas très opérante et elle avait trop chaud dans son jean et ses chaussures fermées, elle avait laissé tomber la petite robe, ce soir.

Il l'attendait devant la porte grande ouverte, volet levé, les mains dans les poches, large et droit, avec Sultan qui frétillait de la queue à côté de lui. Ce chien s'adaptait vite. Pierre avait l'air aussi content que lui, ses mains jouaient avec le contenu de ses poches. Un trousseau de clés ? Un mouchoir ? Un briquet ? Il avait en tout cas une tête de propriétaire satisfait, de hobereau réjoui d'être sur ses terres, faisant légèrement claquer les semelles de ses baskets sur son seuil, avec une impatience visible, comme s'il avait des myriades de secrets à lui montrer à l'intérieur de son castelet.

Et il y avait en effet du changement dans le castelet. Janet s'était garée à la même place que la première fois, avait fermé sa voiture sous leur regard à tous deux, encore prise entre deux mondes, quelques filaments d'elle-même toujours happés douloureusement par l'ambiance des rhododendrons sur la route et les débordements qu'ils pouvaient susciter, mais bon, elle s'est approchée avec sa bouteille de vin rouge dans la main.

– On est contents de te voir.

Il souriait, non, ils souriaient, tous les deux. Franchement. Ils souriaient tous les deux. Pierre plus visiblement peut-être mais ils semblaient, ensemble, heureux de la voir.

– Tu as de nouveau traversé tous les barrages…

Il disait ça d'une voix douce, heureux de l'avoir sentie voguer jusqu'à lui malgré les obstacles. Elle a tendu sa bouteille qu'il a prise en se penchant vers elle, plus grand que jamais, debout sur le seuil.

– Entre, s'il te plaît. Je suis vraiment heureux de te voir.

Elle a pu voir dès l'entrée que plus rien n'était pareil même si le carrelage avait l'air toujours aussi froid. Mais le lieu semblait quelque peu habité. Il y avait des meubles, des vrais. Pas beaucoup car l'espace ne permettait pas d'y aller franchement, mais tout de même.

– Oh tu t'installes.

Il a ri, toujours content, la bouteille dans la main.

– Ils liquident tout chez Janssens. J'ai eu des prix intéressants.

Une table ovale flambant neuve, dans un bois verni qui pouvait être du merisier, occupait le côté de la vitrine du magasin, presque collée tout contre, entourée de deux chaises de jardin en plastique blanc, neuves elles aussi. Juste à côté, une sorte de desserte à roulettes en faux cuivre rutilant, sur le plateau en verre de laquelle étaient posées une carafe d'eau et une bouteille de vin rouge déjà ouverte, il tenait toujours celle de Janet dans la main. Sur la table, il avait disposé – elle supposait que Sultan ne l'avait pas beaucoup aidé – deux sets en bambou tricolores et deux assiettes bleu nuit au bord doré, surmontées de deux verres à vin ciselés. Des petites serviettes en papier à carreaux jaunes et bleu ciel étaient posées sur les assiettes. Et un sous-plat en métal en milieu de table, en forme de poire. Rien n'allait avec rien mais il exultait comme s'il avait réussi à remonter une pente impraticable, comme s'il avait enfin récupéré sa vie. Vraiment. Cet assemblage disparate dont il était le premier à savoir combien il était approximatif débordait de douceur et de sollicitude.

– Je te sers un verre de Saint-Véran ?

Oui, il exultait, semblait avoir retrouvé toutes les clés dont il avait besoin et n'avoir plus peur de rien. Elle a souri, puis ri de soulagement, lâché son sac par terre et s'est laissée tomber sur une des deux chaises en se tournant vers lui.

– Avec grand plaisir, Pierre. Merci.

Cette vitrine ouverte sur la rue lui donnait l'impression d'être au restaurant. Pierre était parti vers la cuisine avec un roulement d'épaules sans doute involontaire, souple au point d'être élastique, genre j'assure, elle s'est laissée aller contre le dossier en plastique en regardant la gare. Personne sur la place, à part sa voiture et une camionnette bleue. Un calme profond. Il est revenu vers elle avec une bouteille de vin blanc dont la fraîcheur perlait sur la surface, l'a posée sur la desserte et actionné un tire-bouchon de sommelier sans effort. Il a pris le verre qui se trouvait devant Janet et lui a versé un fond.

– Tu as des nouvelles de Billy ?

– Non.

– Ça te préoccupe ?

– Non, pas du tout.

– C'est bien.

Elle a goûté le vin, il avait des arômes de pêche et d'amande. Penché vers elle, Pierre ne la quittait pas des yeux, feignant d'être inquiet.

– Il est bon ?

– Il est délicieux.

Il a rempli son verre puis s'est servi. Il s'est assis en face d'elle et sa chaise a eu un gémissement.

– À ta santé, Janet.

Il a tendu son verre vers elle.

– Santé, Pierre.

Ils ont bu en se regardant plus franchement qu'ils ne l'avaient fait depuis des mois, et de la gaieté dans les yeux. Tout était bien. Elle a eu un petit rire en relevant son verre, les yeux humides.

– Je suis contente d'être là. Merci de m'avoir invitée.

Toutes les vingt minutes exactement, quelques personnes masquées sortaient de la gare, isolées, personne ne parlant à personne, les yeux le plus souvent posés par terre ; on pouvait entendre à travers la vitrine le bruit du train qui s'éloignait. Et puis plus rien. Toutes les cinq ou six minutes environ, Pierre tournait la tête vers Sultan, qui s'était couché depuis longtemps sur sa couverture et avait l'air d'être mort si on excluait quelques tremblements sporadiques de l'arrière-train. Pierre tournait la tête vers lui comme s'il regrettait de ne pas être à sa place, même si jusqu'ici tout roulait gentiment, la conversation facile, le Juliénas qui avait suivi le Saint-Véran, et les pâtes à la *putanesca*, délicieuses – quand avait-il appris à les faire ? – c'était plus fort que lui, il se tournait vers Sultan avec un regard plein d'envie.

– Tu as sommeil ?

Oh oh, elle avait posé la question comme s'il avait été un patient qu'elle avait en face d'elle, elle a essayé de rattraper le morceau.

– Tu dors toujours autant ?
– Oui... Mais là je n'ai pas sommeil, non.

Il a souri, ce n'était pas si clair. Il a eu l'air de ne pas savoir quoi dire, se frottant le front de la main gauche, a bu une gorgée de vin, et puis deux, et puis l'a regardée avec ce sourire vraiment contrit.

– Il y a peu de choses que j'aime autant faire que dormir, Janet... J'avoue.

Il s'est mis à rire. Il avait déjà bu pas mal, sa paupière gauche tombait un peu. Elle se sentait bête, étriquée, peu adéquate. Mais bon, c'est vrai que ça l'avait toujours sidérée.

– Je n'ai jamais compris comment tu pouvais dormir autant.

Il s'est penché sur la table comme s'il allait s'écrouler dessus. Il était clairement bourré et ça ne promettait rien de bon.

– Quand on dort, on dirait que tout nous échappe mais c'est le contraire, Janet. C'est nous qui échappons à tout. Et franchement, c'est pour un mieux, je ne suis pas sûr que l'avenir soit très intéressant.

D'un geste vague, en vidant son verre d'un trait, il a embrassé la place et la gare, le vide magistral qui se déployait sous leurs yeux.

Les chaises en plastique avaient déménagé sur le trottoir. Les trains avaient fini de passer, la nuit était en train de tomber et Janet assise ne pouvait s'empêcher d'avoir une pensée pour sa mère et la commisération hautaine qu'elle montrait pour les gens qui prenaient le frais sur leur seuil parce qu'ils n'avaient pas de jardin. Pierre a posé la bouteille de Janet sur le rebord de la vitrine, ça tenait tout juste. Dernier petit coup d'œil circonspect sur l'éventualité qu'elle tombe, lui-même avait retrouvé une énergie inattendue, puis il a tendu le pétard à Janet et, alors qu'elle croyait qu'il allait s'asseoir auprès d'elle, il a traversé la rue, puis le terre-plein qu'il a emprunté vers la gauche, et puis elle l'a perdu de vue un moment. Il avait disparu derrière le mur de la gare, et la lumière a jailli des ampoules colorées, toute la façade de la gare brillait comme une guinguette des bords de Meuse. Pierre est revenu en marchant un peu plus vite, le dos voûté, comme pour ne pas empêcher par sa haute stature de rater une seconde du spectacle. Il a retraversé la rue, et il s'est assis à côté de Janet.

– Ils ont oublié de fermer à clé la borne électrique, il suffit d'appuyer sur un bouton. Tous les soirs, quand les gens dorment, j'allume.

Tout étincelait, la fête était en marche. Il n'avait plus la moindre intention de dormir, et il s'est mis à fumer, les yeux rivés sur les ampoules, captivé, la nuit commençait. Peut-être moins solennelle que celles bercées par les lumières de la cathédrale, mais plus légère, plus proche du mariage champêtre dans *L'été meurtrier* où les guirlandes éclairaient les champs et la grande table blanche. Ici les champs se résumaient à un terre-plein pelé, et la table à un rebord de fenêtre, peu importe, au bout d'un moment il a dit :

– Et ce qui me fait le plus plaisir, c'est que tu vas devoir dormir ici. Tu ne seras plus capable de rentrer.

Son sourire illuminait toute sa face presque autant que les ampoules sur la gare. Il s'est tu, et elle n'a pas relevé, elle frissonnait mais elle n'avait pas froid. Le silence était impressionnant, même pas d'oiseaux nocturnes, rien, pas d'avions, pas de voitures, pas de passants, juste l'air autour d'eux. Elle s'est raclé la gorge en ébauchant un sourire qu'elle aurait autant aimé qu'il ne voie pas.

– Ton lit est fort petit.

– Oh on devrait pouvoir arranger ça.

Le vent en poupe, décidément. Le grand retour. Plus d'entrave dans le parcours.

– Reste là, je reviens.

Et il est reparti, il ne tenait pas en place depuis qu'il avait décidé de ne pas dormir. Elle est restée assise sur sa chaise en plastique sur le trottoir, elle aurait pu tourner la tête vers la vitrine pour voir ce qu'il faisait mais elle n'était pas sûre d'en avoir envie. Tout était bien. Elle regrettait juste sa petite trousse de toilette.

Pierre était parti depuis presque un quart d'heure quand elle a eu l'impression très nette qu'il était allé dormir pour de bon, il en était capable. Elle s'est levée, sa chaise a crissé désagréablement sur le bitume du trottoir.

Sultan n'avait pas changé de position, les pattes posées autour de son museau, et Pierre ne dormait pas du tout. Il se tenait debout, l'air indécis, avec dans les mains une housse de couette encore emballée de son plastique. Il avait retiré le cadre de son lit étroit, qu'il avait dressé verticalement contre le mur de la cuisine, et posé le matelas par terre à côté d'un autre de la même largeur, tout neuf celui-là, où était-il avant d'être couché à côté de l'autre ? Janet ne l'avait vu nulle part.

– C'est vraiment très laid. C'était soldé à dix euros.

Il a tendu la housse à Janet.

– On ne va quand même pas dormir là-dedans.

Là-dedans, c'était la jungle, une profusion de grandes feuilles style plantes grasses, vert émeraude et dorées, feuilles et tiges au milieu desquelles était tapi un tigre en noir et blanc. La menace, le méchant, planqué dans ce décor de véranda. C'était laid, c'était laid.

– On ne le verra pas, on sera en dessous.

Elle a déchiré le plastique, déballé la housse qui était accompagnée d'un drap et de taies d'oreiller vert émeraude uni. Ni feuilles ni tiges ici, un peu de tranquillité. Ils se sont tous les deux penchés sur les matelas qu'ils ont habillés soigneusement, en silence, titubant par instants, elle aurait en effet été incapable de reprendre la route aux rhododendrons en toute sécurité.

– Je t'ai acheté une brosse à dents.

– Merci.

Décidément, tout lui plaisait.

Quand Janet est revenue du petit cabinet de toilette, elle a retrouvé Pierre dans la pénombre au milieu de son domaine désormais envahi par le grand lit. Il avait tout éteint. Le volet était resté ouvert et les lampes illuminaient toujours la façade de la gare. La table en merisier avait été déplacée de quelques mètres pour qu'elle n'encombre pas la vue.

Il était en train de se déshabiller comme s'il avait déjà oublié que Janet était là. Pesamment, déposant sa chemise sur le bord du lit, commençant à défaire les boutons de son pantalon, les yeux rivés sur les feuilles vert émeraude qu'il ne voyait sans doute pas. Et puis il l'a enlevé, soulevant chaque jambe comme s'il s'était agi de troncs d'arbres, c'était lourd, c'était lourd. La housse de couette semblait l'avoir anéanti. Il a laissé tomber le pantalon au bout du lit près de sa chemise, et puis il a enlevé son caleçon. Concentré, ne pouvant clairement faire qu'une chose à la fois, *full time job*. Sans doute ne voyait-il même pas Janet non plus, qui a commencé à déboutonner son chemisier.

Ils étaient à présent nus tous les deux sans avoir jeté un regard l'un sur l'autre. Pierre s'est glissé le premier dans la jungle verte et dorée qui avait conservé les plis de l'emballage, elle l'a rejoint sous le coton, raide comme s'il avait été ciré.

Couchés comme ça, ils disposaient d'une vue directe et parfaite sur la gare et les lampions, le côté sommaire et éphémère de leur installation rendait tout léger et accessible. Ils sont restés silencieux un instant, puis Pierre a étendu le bras et l'a amenée contre lui, et le contact avec sa peau lui a fait un tel effet qu'elle a eu l'impression de prendre feu. C'était phénoménal. Le toucher de cette peau n'avait rien à voir avec tout ce qu'elle avait pu toucher depuis trois mois. La chaleur, la douceur, le vivant, le tissu, la texture, la consistance, l'amour qu'elle lui portait, elle n'aurait pu dire ce qui venait en premier, mais dans le même élan le magasin s'est transformé en vaste champ, la gare en ciel lourd d'étoiles. La vitrine avait disparu, ils étaient couchés dehors au milieu du champ dans la nuit, tête levée vers les étoiles, et la kermesse débutait pour de bon. On allait voir ce qu'on allait voir. Finie la zone, fini le moche, finis les rétrécissements, la nuit s'annonçait pleine d'heures libres, éclatantes, sans un bruit dissonant.

– Oh Janet... tu m'as manqué.

Elle allait lui répondre, toute brûlante, quand Sultan s'est redressé en grondant puis a lâché deux aboiements brefs, rauques et sourds, campé sur ses pattes avant, c'était la première fois que Janet l'entendait. Une silhouette d'homme venait de traverser l'espace devant la vitrine. Impossible, depuis leur position couchée, de voir si l'homme était accompagné d'un chien ou s'il suscitait tout seul la grogne de Sultan.

– Jamais vu, celui-là.

Peut-être lui les avait-il vus. Il lui suffisait de tourner la tête d'un quart de tour. Mais il marchait d'un pas rapide et déjà il était loin. Fausse alerte, danger écarté, Sultan s'était recouché, satisfait de ne pas devoir travailler davantage.

Il a fallu un moment avant que la pièce recouvre ses aspects bourgeonnants et enchanteurs, ses contours moelleux, élastiques. Ça n'a pas été si long, c'était en position couchée que Pierre donnait le meilleur de lui-même, elle allait devoir s'en souvenir une fois pour toutes, on était loin des gestes hésitants et embarrassés de son déshabillage. Il a enfoui le visage dans la masse des cheveux de Janet, et tout en retrouvant avec une délectation incalculable tous les morceaux de ce corps qui lui avait tant manqué, il a chuchoté :

– Le premier train passe à 5 heures 47. J'éteins les lampions à 5 heures 30. Comme ça tu sais...

Annoncer ainsi l'heure exacte de la fin d'un sortilège n'avait rien de sémillant, mais la voix de Pierre malgré le chuchotement prenait des inflexions joyeuses, le ton était vif, cette annonce semblait lui donner un surcroît d'énergie, il était pour l'instant à mille heures de 5 heures 47. Leur restaient six bonnes heures avant que l'avenir les surprenne, les embarrasse, six heures dans des draps propres et raides qui n'allaient pas le rester, oh Janet. Il l'a serrée très fort contre lui, en la saupoudrant par contraste d'une multitude de baisers légers, furtifs, sur la joue, l'oreille, la naissance du cou, sentant la cuisse chaude de Janet se glisser entre les siennes. Le nombre de choses qui pouvaient se produire en six heures. Le nombre de choses.

Du même auteur

L'eau froide efface les rêves (Régine Deforges, 1989)
Comment font les autres ? (Le Seuil, 1994)
Rassurez-vous, tout le monde a peur (Le Seuil, 1999)
La madone des plaines de jeux (Le Grand Miroir, 2003)
Beau-fils (Le Seuil, 2003 – Espace Nord, 2005) Prix Rossel 2003, prix SCAM 2003, prix Gauchez-Philippot
On ne va pas se quitter comme ça ? (Le Seuil, 2010)
Avec plaisir, François (Le Seuil, 2013)
Partir avant la fin (Le Seuil, 2018)

Ariane Le Fort remercie Réjane et Pierre
pour leur relecture fine et attentive.

ISBN : 978-2-87560-151-3
Dépôt légal : D/2022/13.394/56
Première édition – Mars 2022
Imprimé dans l'Union européenne
Photographie de couverture : Maxence Dedry
Composition de la couverture : Studio Alvin

Avec le soutien de la Fédération Wallonie-Bruxelles
Découvrez l'ensemble du catalogue sur

www.onlit.net